Die gefährliche Macht schöner Geschichten

Kolja Menning

DIE GEFÄHRLICHE MACHT SCHÖNER GESCHICHTEN

Eine Geschichte ohne wahre Helden

Ein Corona-Roman

KOLJA MENNING

Hinweis:
Alle Namen in diesem Buch sind frei erfunden. Das gilt sowohl
für Personen als auch für Unternehmen.

1. Auflage, 2020
© 2020 Kolja Menning
Alle Rechte vorbehalten.
Umschlaggestaltung: Kolja Menning
Herstellung und Verlag: BoD – Books on Demand, Norderstedt
ISBN: 978-3-751999-51-9
Printed in Germany

Besuchen Sie den Autor auf:
https://www.koljamenning.de

INHALT

Einleitung zum ersten Teil

Erster Teil: Vom Schleifen von Diamanten

Einleitung zum zweiten Teil

Zweiter Teil: Vom Schleifen von Kieselsteinen

Einleitung zum dritten Teil

Dritter Teil: Coronavirus

Nachwort

Vorwort des Autors

Ich befand mich gerade in der finalen Phase der Arbeit an meinem Roman »Eine Partie Monopolygamie«, als das Coronavirus Sars-CoV-2 sich in unseren Alltag in Europa drängte. Es kam mir nicht sonderlich gelegen. Ich hatte zwei Jahre an »Eine Partie Monopolygamie« gearbeitet, war nicht nur sehr stolz auf die Geschichte, die mir da gelungen war, sondern auch darauf, dass ich bereits Anfang März 2018, eine Geschichte begonnen hatte, die sich mit der zunehmenden Spaltung unserer Gesellschaft und dem Umwelt- und Klimathema auf eine spielerische Art befasst – und damit Themen getroffen hatte, die 2019 im Rahmen der Europawahlen Ende Mai und dank Fridays For Future das allgemeine Interesse beherrschten. Und nun, da ich so kurz vor der Veröffentlichung stand, redeten alle – verständlicherweise – nur noch über das neuartige Coronavirus.

Ich war da keine Ausnahme. Ich las viel, lud hin und wieder Daten zum Corona-Infektionsgeschehen vom *European Centre for Desease Prevention and Control* herunter und analysierte diese (hauptsächlich zum Spaß).

Und dann hatte ich die Idee für eine neue Geschichte: diese.

Sie ging mir ausgesprochen leicht von der Hand. Sie ist weniger raffiniert, als »Eine Partie Monopolygamie« (das am 16. Mai 2020, meinem 40. Geburtstag, erschien) und viel weniger raffiniert als »Das schwarze Geheimnis der weißen Dame«, ein Buch, das Kriminalroman, Wirtschaftskrimi und zeitgenössischen Roman in sich vereint (Erscheinung im September 2020). Doch »Die gefährliche Macht schöner Geschichten« hat seinen eigenen Charme. Die Geschichte ist voller Ironie und Humor und befasst sich gleichzeitig mit Themen, die aus meiner Sicht bestens in die heutige Zeit passen – nicht nur wegen des Coronavirus.

Ich finde, es ist eine schöne Geschichte, die nur nicht allzu ernst genommen werden möchte. Gute Unterhaltung!

EINLEITUNG ZUM ERSTEN TEIL

»Wenn Sie ehrlich sind, werden Sie sich eingestehen müssen, dass Ihr Leben nichts Besonderes ist. *Sie* sind nichts Besonderes. Sie haben ein festes Einkommen, das ist gut, Sie sind in einer stabilen Beziehung, schön für Sie, doch beides trifft auf die meisten Erwachsenen Ihres Alters in diesem Land zu. Auch Ihre Probleme haben nichts Außergewöhnliches. Wenn man ein gewisses Alter erreicht, ist es ganz normal, dass man hin und wieder zweifelt. Das ist nichts, worüber Sie sich allzu große Sorgen machen sollten. Sie führen ein ganz normales Leben.«

Tania trat ans Fenster und blickte hinaus in den Dunst der Großstadt. Die Worte ihrer Therapeutin, die sie am Nachmittag aufgesucht hatte, beruhigten sie.

In den letzten ein, zwei Jahren hatte Tania immer häufiger an sich gezweifelt. Es war, als hätte sie überhaupt erst gelernt, an sich zu zweifeln. Fast konnte man meinen, dass sie vorher irgendwie noch ein Kind gewesen war, sorglos, unbeschwert – und mit einem Mal war sie wirklich erwachsen geworden, hatte ihre Unbekümmertheit abgeworfen und erkennen müssen, dass sie mit ein paar ganz grundlegenden Dingen nicht klarkam.

Es hatte sie einige Zeit und viel Überwindung gekostet, einen Arzt aufzusuchen. Der Erste hatte ihr nicht helfen können. Der Zweite auch nicht. Doch der hatte ihr immerhin die erfahrene Psychologin Dr. Carla Alt empfohlen. Und die hatte sich als ausgezeichnet erwiesen. Tania hatte gespürt, dass diese Frau sie verstand. Schon nach nur vier Sitzungen hatte Tania der Therapeutin ihr vollstes Vertrauen geschenkt. Und aus dem Mund dieser erfahrenen, kompetenten Frau zu hören, dass sie sich keine Sorgen zu machen brauchte, weil sie ein ganz normales Leben führte, hatte etwas ungemein Tröstliches.

Sorgen machte sich Frau Dr. Alt allerdings schon – jedoch nicht um Tania, sondern um sich selbst, denn Tania war jung und gesund, während sie Tanias Mutter hätte sein können, an Diabetes Typ 2 litt, Bluthochdruck hatte und »leicht übergewichtig« war, wie sie Tania erklärt hatte – wobei Letzteres eine überflüssige Bemerkung war, denn mit »leicht« hatte ihr Übergewicht nicht viel zu tun; selbst ein Blinder hätte das nicht übersehen. Kurz, die gute Frau befand sich im Herzen der Risikogruppe für das neue mysteriöse Coronavirus, das in den letzten Monaten immer häufiger in den Medien aufgetaucht war und in den letzten Tagen dafür gesorgt hatte, dass man auch in Deutschland beschlossen hatte, sogar Schulen und Kitas zu schließen.

Es war der 18. März 2020. Niemand in der breiten Bevölkerung ahnte zu diesem Zeitpunkt, welches Ausmaß die Pandemie gar nicht so viel später erreichen würde. Tania war da keine Ausnahme. Seit zwei Tagen befand sie sich im Home-Office, sie hatte verstanden, dass es Menschen wie Frau Dr. Alt zu schützen galt, doch für sie würde das Virus kaum etwas ändern. Dachte Tania.

Sie täuschte sich. Das Virus sollte ihr Leben schon bald unwiderruflich verändern.

Da Tania davon zu diesem Zeitpunkt nichts ahnte, hoffte sie einfach, spätestens in vier, fünf Wochen ihre nächste Sitzung mit Frau Dr. Alt haben zu können. Die Sitzungen würden ihr fehlen, das stand außer Frage, denn sie taten ihr gut. Tanias Durchhaltevermögen würde getestet werden, es würde sogar eine ziemlich harte Probe sein, zumal diese unbestimmte Phase der Abstinenz eine Herausforderung ungewohnter Form darstellte – doch das war nicht zu ändern. Sie würde sich an die beruhigenden Worte der Psychologin erinnern: Sie brauchte sich keinerlei Sorgen zu machen, sie war eine ganz normale Frau. Eine ganz normale Frau Mitte dreißig.

Dabei war Tania früher, das heißt eigentlich bis vor gar nicht so langer Zeit, fest davon überzeugt gewesen, etwas ganz Besonderes zu sein. Nach dem Studium war sie mit grenzenlosen Ambitionen ins Leben getreten und hatte vor Energie gestrotzt, vor Ideen gesprüht! Sie hatte sich als Rohdiamanten gesehen, der nur ein wenig geschliffen werden musste. Es hatte nur wie eine Frage der Zeit geschienen, bis sie sich der Welt in all ihrem funkelnden Glanz zeigen und die Welt ihr zu Füßen liegen würde.

Nun, es war anders gekommen. Gewiss, sie hatte den ein oder anderen kleineren oder auch größeren Erfolg vorzuweisen. Doch wenn Tania ehrlich war, musste sie Frau Dr. Alt recht geben. Sie war kein Rohdiamant und schon gar kein geschliffener Diamant. Sie war ein ganz gewöhnlicher Kieselstein.

ERSTER TEIL:
VOM SCHLEIFEN VON
DIAMANTEN

Diamanten entstehen auf natürlichem Wege, wenn Kohlenstoff tief im Erdinnern über längere Zeit extremer Hitze und extremem Druck ausgesetzt ist. Dabei kann »längere Zeit« mehr als drei Milliarden Jahre bedeuten. Dadurch bildet sich das härteste Mineral auf Erden. Schon etwa seit Mitte des zwanzigsten Jahrhunderts können Diamanten auch synthetisch hergestellt werden, was wichtig ist, um die beständig steigende Nachfrage nach Industriediamanten zu bedienen. Als Schmuckdiamanten spielen diese künstlich hergestellten Diamanten jedoch kaum eine Rolle; die meisten Diamanten, die jährlich in Schmuck verarbeitet und verkauft werden, sind natürlichen Ursprungs. Heutzutage kommen die meisten aus Bergwerken in Afrika, Russland und Kanada. Für einen Diamanten von einem Karat (0,2 Gramm), müssen dabei ganz unterschiedliche Mengen an Erdboden bewegt werden, im weltweiten Durchschnitt liegt man mit einer Daumenregel von einem Karat pro Tonne wohl nicht ganz falsch (allerdings natürlich nur an Orten, wo es Diamantvorkommen gibt). Ein recht mühseliger Prozess. Anschließend werden die Rohdiamanten nach Farbe und Größe sortiert und schließlich geschnitten und geschliffen. Letzteres passiert an unterschiedlichen Orten auf der ganzen Welt; die Stadt Amsterdam rühmt sich einer langen Tradition in dieser Kunst − zum größten Teil findet das Schleifen heutzutage jedoch in hoch spezialisierten Anlagen in Indien statt. Anschließend werden die geschliffenen Diamanten von Juwelieren in Schmuck eingearbeitet. Dabei vermehren die Diamanten ihren Wert auf ganz beeindruckende Weise: Während die jährlich abgebauten Rohdiamanten noch für »nur« rund 15 Milliarden US-Dollar auf dem Weltmarkt gehandelt werden, hat sich ihr Wert am Ende der Wertschöpfungkette, also nach Schneiden, Schliff und Einarbeitung in Schmuck, vervier- bis versechsfacht. Eine ganze Menge Kohle für ein bisschen komprimierte Kohle.

Gut, diese Informationen sind mithilfe des Internets heutzutage leicht zu finden, ich will auch kein Geheimnis daraus machen, dass ich sie genau dort gefunden habe, wenn ich mich auch nicht entsinne, wo genau, das heißt auf welchen Websites, ich mir dieses Wissen angeeignet habe. Es waren mehrere, das weiß ich sicher. Ich räume jedoch ein, dass ich nicht allzu viel Zeit in diese Recherche investiert habe, sagen wir zwei bis drei Stunden. Damit will ich nur sagen, dass es durchaus möglich, ja, sogar wahrscheinlich, ist, dass man, wenn man andere Quellen befragt, leicht abweichende Informationen findet, was jedoch für diese Geschichte keine besondere Rolle spielt.

Ein wichtiges Detail des Verarbeitungsprozesses von Diamanten – darin wiederum sollten sich unterschiedliche Quellen nicht widersprechen – darf hier nicht unterschlagen werden: Aufgrund ihrer ungeheuren Härte können Diamanten nur von anderen Diamanten geschliffen werden. Kurz, man braucht Diamanten, um Rohdiamanten zu schleifen.

KAPITEL 1.1

Als Rohdiamant hatte sich Tania also als Fünfundzwanzig-jährige gefühlt. Dass es normalerweise länger dauert als fünfundzwanzig Jahre, um einen (natürlich entstandenen) Rohdiamanten zu erhalten – geschenkt. Was damals fehlte, war der Schliff. Ein Schönheitsfehler, der eigentlich nur vorübergehender Natur sein konnte, denn es wurde fleißig an Tania geschliffen.

Zuallererst von Tania selbst. Als sie im Jahre 2010 als frisch gebackene Absolventin eines Masters in Marketing und International Business Communications ihren ersten festen Job in einer kleinen Werbeagentur antrat, verschlang Tania neben der Arbeit jeden Monat den aktuellen Self-Development-Bestseller und setzte die wertvollen Tipps für mehr Effizienz, mehr Produktivität, besseres Time-Management, selbstbewussteres Auftreten, überzeugendere Kommunikation und – natürlich – mehr Glück im Leben um, integrierte immer neue Routinen in ihren Alltag und konnte förmlich spüren, wie langsam, aber beständig ein echter Brillant Gestalt annahm. Übrigens sowohl innerlich als auch äußerlich, denn auch ihren Körper trainierte Tania. Eigentlich war sie immer schon stolz auf ihre sportliche Figur gewesen, doch mit der Zeit hatte sie nicht nur das tägliche Training verfeinert, sondern auch ihre Ernährung optimiert. Das Ergebnis konnte sich sehen lassen. Wenn Tania Fotos von sich im Alter von zwanzig Jahren betrachtete, war es ihr fast peinlich, dass da doch eindeutig das ein oder andere Gramm Babyspeck vorhanden gewesen war. Doch das gehörte der Vergangenheit an. Inzwischen war es, als würde sie bei der Geburt eines Stars von morgen zusehen – nein, nicht nur zusehen, sondern aktiv daran mitwirken.

Auch andere wirkten an diesem Wunderwerk mit, allen voran fünf Vorgesetzte, die Tania in den letzten zehn Jahren gehabt hatte und die alle an ihr geschliffen hatten. Wohlwollend größtenteils. Tania selbst trug ihren Teil dazu bei. Sie hing an den Lippen ihrer Manager, wenn sie ihr Feedback gaben, und freute sich über jedes Wort, das ihr ermöglichen würde, eine bessere Version ihrer selbst zu werden, wie sich ein Kind über die Geschenke zu Weihnachten freut. Gut, einer dieser Manager hatte ihr kaum – oder eigentlich gar kein – Feedback gegeben, das brauchbar für ihre Selbstoptimierung gewesen wäre, doch dazu kommen wir zu gegebener Zeit. Die anderen vier jedoch (übrigens zwei Frauen und zwei Männer) waren mit ihrem Feedback umso großzügiger gewesen. Sicher, Feedback war, das darf man wohl sagen, nicht immer objektiv, wie Tania gleich zu Beginn ihrer Karriere lernen durfte. Doch viel mehr als auf das Feedback kam es darauf an, was man daraus machte.

In der kleinen Werbeagentur war ihr erster Manager ein Mann Mitte vierzig namens Marc. Tania bewunderte, wie selbstbewusst Marc bei Kunden auftrat, wie lässig er Fragen beantwortete, bei denen Tania der Schweiß ausbrach. Tania himmelte ihn an. Rein professionell, versteht sich. Und Marc erklärte Tania, worauf es ankam. »Du darfst nie vergessen«, sagte er immer wieder, »we are in a story-telling business!«

Erst mit der Zeit verstand Tania, was er damit meinte. Es ging den Kunden keineswegs nur um Ergebnisse. Clevere Marketing-Slogans, coole Designs, das war ja alles schön und gut, doch in Wirklichkeit ging es ihnen um die Geschichten, die sie damit *ihren eigenen* Kunden erzählen würden. Denn diese Kunden kauften nicht Produkte, sie kauften Geschichten. Und deswegen verkauften auch Tania und ihre Werbeagentur nicht Marketingkonzepte, sondern Geschichten. Schöne Geschichten. Marc erklärte Tania, dass es dabei zwar durchaus auf den Inhalt der Geschichten ankam, viel wichtiger aber sei die Form. »Die Delivery, als wie du die Sache rüberbringst, ist mehr als die halbe Miete«, schärfte Marc ihr ein. Schwedische Wissenschaftler – oder vielleicht waren es auch japanische oder amerikanische gewesen – hätten das in aufwendigen Studien zweifelsfrei bewiesen. Eine souveräne Präsentation, ein gewinnendes Lächeln, ja sogar ein selbstbewusstes Schweigen an der richtigen Stelle konnten wichtiger sein als tausend Worte. Und natürlich spielte nicht nur das Auftreten, sondern auch das Aussehen der Geschichtenerzähler eine Rolle, weswegen Marc am Tag vor wichtigen Kundenpräsentationen, die er selbst als »Story-Telling-Days« bezeichnete, immer zum Friseur ging, sich am Morgen besonders gründlich rasierte und sich besonders sorgsam kleidete. Marc war *immer* gut gekleidet. Doch er achtete darauf, dass es einen subtilen Unterschied gab zwischen einem Tag, an dem sie mit den Kunden einen Workshop abhielten oder ein Arbeitsmeeting hatten, einerseits und einem »Story-Telling-Day« andererseits. Natürlich gab es nicht *einen* besten Anzug. Nein! Der Anzug, das Hemd, die Manschettenknöpfe, die Krawatte, die Schuhe, ja, selbst, ob er eine Brille trug oder Kontaktlinsen, hing von der Geschichte ab, die sie erzählen würden.

Wie dankbar war Tania für die Einführung in diese Kunst! Marc war ein erfahrener Werber und ein ausgezeichneter Story-Teller. Nach Kundenterminen gab er ihr immer Feedback, wies sie auf Kleinigkeiten hin. Sie solle sich beim Sprechen mehr Zeit lassen, um mehr Souveränität auszustrahlen. Sie solle nicht jede Frage auf dem kürzesten Weg beantworten, weil oft der kürzeste Weg nicht der beste sei. Und natürlich sah sie sofort ein, dass Marc recht hatte, als er ihr empfahl, ihre Blusen ein bis zwei Nummern kleiner zu kaufen und einen Knopf mehr geöffnet zu lassen. Er machte auch keinen Hehl daraus, dass es ihm darum ging, ihr ausgesprochen hübsches Dekolleté mehr zur Geltung zu bringen. Es sei ein kleiner, aber nicht zu vernachlässigender Teil der Form. So wichtig wie bei ihm die Krawatte. Vielleicht sogar wichtiger. Natürlich wandte Tania Marcs Ratschläge an! Und das blieb nicht ohne Wirkung. Marc lobte sie überschwänglich, gab ihr Bestnoten bei den Bewertungen ihrer Arbeit und zeigte sich zuversichtlich, dass sie schon bald mit einer Beförderung rechnen können würde, wenn sie sich weiter so positiv entwickelte. Tania spürte geradezu, wie ihre Verwandlung in einen geschliffenen Diamanten sich peu-à-peu vollzog.

Als Marc ein Jahr später entlassen wurde, weil er, so wurde zumindest gemunkelt, auf einer Feier im Büro eine junge Kollegin belästigt und wiederholt seine Hände nicht bei sich behalten hatte, bekam Tania eine neue Chefin. Claudia trug ihre Blusen weder zu eng noch allzu weit geöffnet – und das war auch besser so, denn das, was bei Tania sexy aussah, hätte bei Claudia eher abstoßend gewirkt. Sie war Mitte vierzig und hatte spätestens nach ihrer zweiten Schwangerschaft aufgehört, sich gegen das Werk, das zu reichliches Essen, zu wenig Bewegung und die unaufhaltsam voranschreitende Zeit an ihrem Körper vollbrachten, zu sträuben.
Jedenfalls empfahl sie Tania, es ihr gleichzutun. Tania widersprach nicht, denn sie erkannte, dass nicht etwa Marc oder Claudia recht und der (oder die) andere unrecht hatte. Es kam auf die Geschichte an, die man erzählte, und wie und *mit wem* man sie gemeinsam erzählte. Eine wertvolle Lektion. Also passte Tania sich Claudia an, zumal Claudia Partnerin in der Werbeagentur war, ein Schwergewicht auch im übertragenen Sinne. Tania war dankbar, von dieser erfahrenen Frau lernen zu dürfen. Claudia war nicht so charismatisch wie Marc, ihre ganze Art war anders, wobei ihr Kleidungsstil nur einer von vielen Aspekten war, in denen sie sich von Marc unterschied – doch auch sie erzählte und verkaufte schöne Geschichten. Sie erklärte Tania, dass es sehr wichtig sei, das passende Narrativ für einen Kunden zu identifizieren. Und dann galt es, eine passende Geschichte darum zu spinnen. Claudia lobte Tania für ihre Kommunikation,

half ihr, diese weiter zu verbessern, und trichterte Tania immer wieder ein, dass sie sich niemals einem Mann unterordnen sollte, nur weil sie eine Frau war. Wenn man über Tanias enormes Potenzial verfüge, dann könne man es – das sah man ja an Claudias Beispiel – auch als Frau weit bringen. Auch das war eine schöne Geschichte.

KAPITEL 1.2

Nach fünf Jahren war Tania dreimal befördert worden. Das war ziemlich außergewöhnlich, allerdings hatte Tania nichts anderes von sich erwartet. Alles andere wäre eine Enttäuschung gewesen. Sie durfte regelmäßig Kundenworkshops alleine durchführen, managte je nach Projekt kleine Teams mit zwei bis drei Personen und bemühte sich redlich, die ihr anvertrauten Kollegen auf den rechten Weg zu bringen. Nicht jeder war ein ungeschliffener Diamant wie sie. Das heißt, eigentlich betrachtete Tania sich zu diesem Zeitpunkt nicht mehr als vollkommen ungeschliffen. Teilgeschliffen vielleicht. Mitten im Prozess des Schleifens. Wie dem auch sei, die meisten ihrer weniger erfahrenen Kollegen erinnerten eher an hübsche, aber nicht allzu brillante Kieselsteine, die vollkommen glücklich damit schienen, sich treiben zu lassen, und keinerlei Ambition hatten, je ein Edelstein zu werden (ist chemisch vermutlich auch schwierig). Dennoch nahm Tania ihre Rolle als erfahrene Kollegin ernst. Selbst einen jungen Mann, der im besten Fall ein plumper Backstein war, gab sie nicht auf.

Und doch – mit der Zeit spürte sie mehr und mehr, dass die Werbeagentur nicht imstande war, ihr Potenzial vollständig auszuschöpfen. Immer häufiger wurde sie auf LinkedIn von Headhuntern kontaktiert, die ihr den nächsten großen Karriereschritt versprachen und mit wohlklingenden Titeln lockten. Anfangs war Tania unwohl dabei, die Nachrichten der Headhunter auch nur zu lesen. Sie fühlte sich, als betrüge sie ihren Arbeitgeber, der ihr doch so viel gegeben hatte. Sie fand jedoch zunehmend, dass *sie* eigentlich viel mehr gab, als sie im Gegenzug erhielt. Und so stimmte sie schließlich mit einem Gefühl, das eine Mischung aus Unbehagen und Aufregung war, einem Treffen mit einer besonders kompetent scheinenden Headhunterin zu.

Während des Treffens erkannte Tania, dass auch die Headhunterin im Story-Telling-Business tätig war. Auch sie verkaufte Geschichten. Individualisierte, schöne Geschichten. Es war nicht das erste Mal in ihrer beruflichen Laufbahn, dass nicht Tania anderen eine schöne Geschichte erzählte, sondern ihr eine erzählt wurde. Zum Beispiel in Karrieregesprächen mit der korpulenten Claudia hatte es solche Situationen bereits gegeben. Claudia erzählte bei diesen Gelegenheiten üblicherweise die Geschichte der großartigen Entwicklung der Werbeagentur, zu der Tania einen zwar kleinen, aber wichtigen Beitrag leiste. Das machte Claudia als Geschäftsführerin zu einer der Protagonistinnen, während Tania eine – mehr oder weniger wichtige – Nebenrolle zuteilwurde.

In der Geschichte, die die Headhunterin Tania erzählte, spielte Tania hingegen die Hauptrolle und die Headhunterin selbst eine wichtige Nebenrolle. Wenn Tania Frodo war, war die Headhunterin Gandalf. Und wenn Tania Harry Potter war, war die Headhunterin Dumbledore. Tania spielte mit. Sie sagte Sätze wie »Das hört sich nach einer einmaligen Chance für mich an.« Oder »Ich bin wirklich froh, dass Sie mich kontaktiert haben.« Und es bedurfte keiner Heuchelei. Tania bemerkte, dass sie sich nach etwas anderem gesehnt hatte. Frischem Wind. Neuen Herausforderungen. Es war das erste Mal, dass Tania die Macht schöner Geschichten am eigenen Leib spürte. Was die Geschichte der Headhunterin so mächtig machte, war, dass sie dem entsprach, was Tania hören wollte. Also willigte sie ein, den Kunden der Headhunterin zu treffen: den Marketingchef eines Medienunternehmens, der eine fähige rechte Hand suchte. Das Marketingteam bestand aus vierzehn Personen, von denen fünf – oder vielleicht auch sechs – Tania direkt unterstellt sein sollten. Es war eindeutig eine einmalige Chance.

Das Medienunternehmen, erklärte der Marketingchef Tania bei ihrem ersten Treffen, befand sich in einer genauso kritischen wie aufregenden Phase: Es stand mit einem Bein in der alten, analogen Medienwelt und hatte mit dem anderen Bein den Schritt in die Welt des Internets gemacht, ein notwendiger Schritt, wie der Marketingchef Tania erklärte, wenn das Unternehmen in zwanzig Jahren noch im Geschäft sein wollte. Die Vision des Marketingchefs war noch nicht sonderlich klar; er hatte seinen Posten selbst erst vor ein paar Monaten bezogen. Doch die Leidenschaft, mit der er von Veränderung sprach, mit der er Ideen in den Raum warf, sie kurz darauf wieder *ver*warf, wie er Tania an seinen Ideen teilhaben ließ und *ihren* Ideen zuhörte, als wären sie bereits ein Team – all das beeindruckte Tania so sehr, dass sie nicht lange zögerte. Als das Angebot kam, nahm sie es sofort an, was sich, wie Tania sich später immer wieder sagte, als die beste Entscheidung ihres Lebens herausstellen sollte.

Sie sollte allerdings zwei Jahre warten müssen, bis sie den wahren Wert dieser Entscheidung erkennen sollte.

Mit dem Gehalt hatte das nichts zu tun, denn das war zwar wirklich nicht schlecht, doch, um die Sache auf den Punkt zu bringen, zehn Prozent niedriger als das, was sie in der Werbeagentur gehabt hatte.

Auch Lars, der Marketingchef, war nicht der Grund dafür. Lars war zwar erstens intelligent und zweitens nett, eine angenehme zumal nicht selbstverständliche Kombination, wie Tania fand, doch Lars hatte Schwierigkeiten damit, seine Vision des »Brand New Digital Branding«, wie er es nannte, umzusetzen. Tania erkannte, dass das durchaus nicht allein Lars' Schuld war; im Vorstand des Unternehmens saßen allzu viele allzu alte Herren mit weißem oder gar keinem Haar, die sich erstaunlich schwer damit taten, im Internet die Zukunft ihres Geschäfts zu sehen. »Never change a winning team«, erklärte einer der Herren Tania einmal, als sie und Lars ihm ein neues, frisches, cooles Marketingkonzept präsentiert hatten. Und dann empfahl er ihnen, durchaus wohlwollend, der Tradition des Hauses einen größeren Stellenwert in ihren Konzepten einzuräumen.

Es war das erste Mal, dass Tania ganz sicher wusste, dass sie mit der Geschichte, die sie erzählt hatte, nicht zu ihrem Zuhörer durchgedrungen war. Tania musste sich ihre erste große Niederlage eingestehen. Es deprimierte sie. Als sie mit Lars darüber sprach, lachte der. »Mach dir nichts daraus!«, sagte er. »Jeder Misserfolg ist eine Chance, etwas zu lernen! Eine Chance, die es zu nutzen gilt! Oder wie schon Einstein sagte: Was uns nicht umbringt, macht uns härter.«

Dass dieser Satz nicht von Einstein stammt, spielte keine Rolle. Auf die *Message,* die Kernaussage, kam es an. Von der Wichtigkeit von Misserfolgen hatte Tania natürlich schon viel gehört. Im Studium hatte sie sogar mal eine Vorlesung gehabt, in der es ausschließlich darum gegangen war, wie Misserfolge die Menschheit spalten in jene, die sich von ihnen demotivieren lassen und aufgeben, die fortan ein gar tristes Dasein fristen und bestenfalls im Mittelmaß versinken, und jene, die Misserfolge, genau wie Lars – und Einstein oder Nietzsche oder wer auch immer – gesagt hatte, als Chance begriffen. Tania war bisher nie in einer solchen Situation gewesen, doch es konnte keinen Zweifel geben, zu welcher der zwei Gruppen sie gehören wollte.

Ein Jahr lang versuchten Tania und Lars immer wieder, mit immer neuen Ideen bei den alten Herren aus der Chefetage zu landen. Sie arbeiteten mit Feuereifer, schlugen sich die Nächte um die Ohren, ließen sich von dem offenkundigen Desinteresse der in ihren Präsentationsterminen meist Erdnüsse futternden Riege der alten Herren nicht entmutigen und gingen auch mit Fieber oder Schnupfen ins Büro. Gleichzeitig vergaß Tania ihr Team nicht. Allerdings waren die ihr unterstellten Kollegen allesamt lediglich hübsche Kieselsteine. Gewiss nicht dumm, man konnte mit ihnen arbeiten, doch Tania hatte keine große Hoffnung, dass sich einer von ihnen einmal zu einer Führungsperson im Marketingteam entwickeln würde. Aber dafür war sie ja da. Sie wies an, motivierte, lobte, gab Feedback und fühlte sich bald wohl mit ihrer Personalverantwortung.

Doch irgendwann ebbte ihr Enthusiasmus ab. Selbst Lars schien immer häufiger, als habe er mindestens zwei Gänge zurückgeschaltet und seinen Schaltknüppel abgebrochen, sodass ein Hochschalten nicht mehr möglich war. Sie definierten eigene Deadlines vorsichtiger, begannen, sie immer regelmäßiger zu verpassen, kamen morgens später ins Büro, gingen abends früher und machten den Computer nur noch selten zu Hause an.

Es war alles in allem keine unangenehme Zeit. Zum ersten Mal in ihrem Erwachsenenleben gab Tania nicht Vollgas. Sie traf sich regelmäßiger mit Freundinnen, ging in Cafés, Restaurants, Bars. Sie hatte eine kurze, aber sehr leidenschaftliche Beziehung mit einem jungen Isländer, einem fleischgewordenen Widerspruch: Tagsüber war er so kühl, dass man an einen isländischen Gletscher denken mochte, und nachts erinnerte er an einen isländischen Vulkan. Nach zehn Tagen und elf Nächten hatte Tania genug von diesem Wechselbad und beendete die Beziehung.

Sie hatte ein Abenteuer mit einem verheirateten Mann, auf das Tania nicht stolz war, und eine weitere Beziehung mit Julius, einem jungen Kinderarzt, der in seinem Beruf seine Berufung gefunden hatte. Als es nach vier Monaten begann, ernst zu werden, beendete Tania die Beziehung. Julius war am Boden zerstört, denn er behandelte nicht nur täglich Kinder, sondern hatte auch angefangen, davon zu träumen, mit Tania selbst ein, zwei Kinder in die Welt zu setzen. Es liege nicht an ihm, erklärte Tania ihm und meinte das vollkommen aufrichtig. Es war *ihre* Schuld. Seit geraumer Zeit nagte das beständig stärker werdende Gefühl an ihr, dass sie vom rechten Weg abgekommen war. Sie war schwach geworden, hatte ihr Ziel vorübergehend aus den Augen verloren und hatte sich treiben lassen. Gewiss, es war schön gewesen mit Julius, der Sex würde ihr fehlen und Julius auch, denn – auch hier war Tania ehrlich – da war mehr zwischen ihnen als nur Lust. Doch hin und wieder musste man kleine Opfer bringen! Wer dazu nicht bereit war, aus dem würde niemals etwas werden.

Zu allem Überfluss hatte sie sich auch körperlich gehen lassen, obwohl sie eigentlich mehr Zeit gehabt hätte, sich gesund zu ernähren und Sport zu treiben. Bereits seit ein paar Monaten wog Tania fünfhundert Gramm mehr als noch vor einem Jahr, Tendenz steigend – das durfte nicht so bleiben.

Tania arbeitete hart daran, diesen unerfreulichen Trend umzukehren – was ihr gelang. Sie versuchte, Lars zu motivieren, wieder Vollgas zu geben – was ihr *nicht* gelang. Im Gegensatz zu ihr schien Lars in seiner Situation nicht unglücklich: Er arbeitete immer weniger für ein sehr ordentliches Gehalt, machte neuerdings erstaunlich lange Toilettenpausen und verbrachte fast mehr Zeit damit, mit den alten Herren in der Chefetage über Fußball, Politik oder Rückenleiden zu diskutieren, als ihnen disruptive neue Marketingkonzepte zu unterbreiten. Ach, was, disruptiv! Der Ausdruck war so nicht zutreffend. Mit »disruptiv« hatte das alles schon lange nichts mehr zu tun. »Neu« vielleicht hin und wieder mal – doch selbst das war nicht immer der Fall.

KAPITEL 1.3

Tania hatte gerade beschlossen, dem Medienunternehmen nach gut zwei Jahren den Rücken zu kehren, als Lars ihr zuvorkam. Seine veränderte Einstellung zur Arbeit hatte deutlich weniger mit Faulheit zu tun, als Tania vermutet hatte. Lars hatte erkannt, dass sein nächster Karriereschritt nur anderswo liegen konnte. Also hatte er diesen Schritt vorbereitet, indem er mit Headhuntern geredet und Interviews geführt hatte. Er hatte sich mit den alten Herren bereits geeinigt und würde noch genau einen Monat im Unternehmen sein.

Tania witterte ihre Chance. Endlich war es so weit! Zweifellos würde man ihr nun Lars' Stelle als Leiterin der Marketingabteilung anbieten. Sie malte sich aus, wie sie vor den alten Herren der Chefetage stand, die Kunst des Story-Tellings auf ein bis dato ungekanntes Niveau trieb und ein jeder an ihren Lippen hing, wenn sie ihre revolutionär-innovativen Ideen vorstellte.

Sie hatte es sich verdient. Sie war kein naives Mädchen mehr. Sie war einunddreißig. Sie hatte Erfahrung. Gewiss, sie hatte es schon weit gebracht, viele beneideten sie zweifellos um ihre großartige Karriere. Sie war jedoch noch nicht ganz das geworden, was sie als Fünfundzwanzigjährige von der einunddreißigjährigen Tania erwartet hatte – was sich nun ändern würde. Ihre Zeit war gekommen! Sie hatte so viel gelernt, so viel an sich geschliffen und an sich schleifen lassen! Sie würde in ihrem Leben ganz sicher nie mehr sprachlos sein, würde immer etwas Intelligentes zu sagen haben, so wie Marc, ihr allererster Manager, damals in der Werbeagentur. Ihr langes Warten würde sich gelohnt haben, sie würde endlich aus dem Schatten treten und endlich – vollkommen geschliffen – in all ihrem Glanz erstrahlen. Die alten Herren würden beeindruckt sein.

Drei Tage und drei Nächte gab sie sich diesem Traum hin. Dann wurde sie geweckt. Lars teilte ihr mit, dass sein Nachfolger ein gewisser Ben Soundso sein würde. Jemand von außen. Jemand mit viel Erfahrung. Er, Lars, würde noch ausreichend Zeit haben, um die Übergabe an Ben zu machen und ihn einzuweisen. Er konnte doch darauf zählen, dass Tania ihm nach Kräften half?

»Selbstverständlich«, hörte Tania sich stammeln. »Es soll ja nicht all das, was wir in den letzten zwei Jahren aufgebaut haben, verloren gehen.« Sie brachte ein Lächeln zustande, das so strahlend war, das man hätte glauben können, dass es von einem vollständig geschliffenen Diamanten ausging.

Es war die größte Niederlage ihres Lebens. Sie verließ das Büro um 15 Uhr, fuhr nach Hause und trank eine halbe Flasche Tequila sehr schnell. Den Rest des Tages verbrachte sie mit einer Tüte Kartoffelchips, einer Tafel Schokolade und dem restlichen Tequila vor dem teuren Flatscreen in ihrer hübschen kleinen Wohnung. Sie verfluchte diesen Ben. Sie verfluchte Lars, sie verfluchte die Riege der alten Herren – und sie verfluchte sich selbst, weil sie sich eingestehen musste, dass sie es nicht geschafft hatte, sich bei den Kahl- und Grauköpfen zu positionieren.

Am nächsten Tag meldete sie sich krank – zum ersten Mal, seit sie ihren Job angetreten hatte. Es ging ihr tatsächlich erbärmlich, was jedoch zum größten Teil an dem Tequila lag. Sie trank zwar keinen Alkohol mehr, aß jedoch eine fettige Pizza und einen noch fettigeren Hamburger, was sie schon seit Jahren nicht mehr getan hatte. Das Ergebnis war vorhersehbar: Als sie den Burger gerade verdrückt hatte, wollte er wieder heraus. Tania schaffte es gerade so eben noch zur Toilette, übergab sich, würgte noch eine halbe Stunde weiter, bis auch das letzte Stückchen Pizza wieder hervorgekommen war, und fühlte sich hundeelend.

Es reicht, entschied sie. *Diamanten sind das härteste Material, das die Welt kennt! Ihr könnt mich nicht zerstören!*

Sie wusch sich ausführlich, und während sie unter der Dusche stand, reifte ihr Plan. Sie hatte fast hunderttausend Euro gespart, sie war jung und intelligent und hatte einen sehr ansehnlichen Lebenslauf – sie hatte es nicht nötig, sich derart erniedrigen zu lassen. Im Bademantel setzte sie sich später an ihren Computer, verfasste ihre Kündigung und druckte sie aus. Beim ersten Exemplar gefiel ihr ihre handschriftlich daruntergesetzte Unterschrift nicht. Sie hatte den falschen Stift gewählt, und es sah so aus, als habe sie beim Schreiben gezittert. Unterwürfigkeit oder gar Angst – das sollte ihre Unterschrift nicht ausdrücken. Stolz. Unzerstörbarkeit. Das war es, was jeder erkennen sollte. Es würde ihnen leidtun. Doch es würde zu spät sein.

Am nächsten Morgen stand Tania früh auf. Sie verbrachte mehr Zeit als gewöhnlich vor dem Spiegel. Sie überlegte ganze zehn Minuten, was sie anziehen sollte. Es war wie damals in der Werbeagentur. Es war, als wäre ein Story-Telling-Day. Sie dachte an Marc und Claudia – und entschied schließlich, dass an diesem Tag Marcs Ratschläge besser passten. Lars, die alten Herren und dieser Ben waren allesamt Männer. Also wählte sie eine enge Bluse, die ihr Dekolleté bestens zur Geltung brachte. Sie war bereit! Und sie war fest entschlossen, die Sache durchzuziehen. Professionell, cool, unemotional. Cool wie Eis, hart wie Diamant.

Es lief *nicht* nach Plan. Obwohl sie früher als in den letzten Monaten üblich im Büro war, war Lars bereits da. Und er war nicht allein.

»Morgen, Tania!«, begrüßte er sie. »Darf ich dir Ben vorstellen? Ben, dies ist Tania, von der ich dir gestern schon erzählt habe.«

Tania starrte Ben an. Ihr fehlten die Worte. Tania hatte nie an etwas so Kitschiges wie Liebe auf den ersten Blick geglaubt. *Liebe auf den ersten Blick??* Das stank förmlich nach der Idee eines Marketingprofis, der an die romantischen Sehnsüchte von Frauen appellierte, um ihnen irgendeine Geschichte zu verkaufen. Doch diese Meinung wurde von Ben auf eine SEHR harte Probe gestellt.

Um es kurzzumachen: Tania reichte ihre Kündigung *nicht* ein. Während einer Toilettenpause eilte sie zum Aktenvernichter und schredderte das Papier, auf dem ganz unten ihre schöne, stolze Unterschrift stand.

Anders, als es für Tania üblich war, lagen dieser Entscheidung keinerlei rationale Gedanken zugrunde. Sie tat es, einem Gefühl folgend. Und mit dieser Entscheidung, ihre Kündigung nicht einzureichen, traf sie auch eine andere sehr wichtige Entscheidung: Sie entschied sich, die Arbeit an dem teilgeschliffenen Diamanten, der sie war, vorerst nicht fortzusetzen.

KAPITEL 1.4

Sie sagte wenig in den nächsten Tagen. Wenn sie mit Lars und Ben zum Mittagessen ging, beobachtete sie Ben, antwortete nur, wenn sie etwas gefragt wurde, weil sie sich kaum eines klaren Gedankens fähig fühlte. Am Freitagabend schlug Lars vor, zu dritt ein Feierabendbier trinken zu gehen. Dabei war Lars der Einzige, der tatsächlich Bier trank. Ben bevorzugte offenbar wie Tania Wein. Als sich Lars bald darauf verabschiedete, war Tania allein mit Ben. Die Situation veränderte sich. Vorher hatten hauptsächlich Lars und Ben geredet. Das heißt, Lars hatte geredet. Ben hatte zugehört und hin und wieder eine interessierte Frage gestellt. Tania hatte sich damit begnügt, zuzuhören und Ben heimlich zu betrachten. Das ging jetzt nicht mehr. Nach einem Moment des Schweigens, der Tania unangenehm war, fragte sie Ben unbeholfen, was er von dem letzten Marketingkonzept, das sie mit Lars ausgearbeitet hatte, hielt. Im selben Moment hätte sie sich für die Dämlichkeit ihrer Frage ohrfeigen können. Der Frage fehlte jegliche Souveränität. Es klang, als lechze sie nach einem Kompliment des großen erfahrenen Ben. Es klang ganz und gar undiamantenhaft.

Ben blickte sie einen Moment lang prüfend an. »Was hältst du davon, wenn wir heute Abend nicht mehr übers Business reden? Ich würde dich gern besser als Person kennenlernen, wenn das OK für dich ist.«

War das OK für Tania? Ohne diese Frage für sich selbst beantwortet zu haben, nickte sie, und Ben schenkte ihr ein strahlendes Lächeln.

Zwei Stunden später waren sie keine Fremden mehr. Ben stellte höfliche Fragen und Tania antwortete. Mit der Zeit wurde Tania mutiger und stellte ihrerseits Fragen, die Ben mit großer Freude beantwortete. Sie erzählte, dass sie schon immer gern Sport trieb und bis zum Abitur viel Leichtathletik gemacht hatte, was dann jedoch zeitlich nicht mehr möglich gewesen war. Außerdem hatte sie das intensive Training sattgehabt. Ben war es ganz ähnlich ergangen, nur dass er in seiner Kindheit und Jugend geschwommen war. Er schwamm weiterhin gern, hatte während des Studiums hin und wieder als Rettungsschwimmer gejobbt, dabei drei Menschen das Leben gerettet und nach dem Studium eine Auszeit genommen, um auf Hawaii ein Jahr lang zu surfen und Gitarre zu spielen. Er blieb zwar nur ein halbes Jahr auf Hawaii, reiste dann jedoch mit nur fünf Kilo Gepäck, einem einzigen Paar Havaianas und seiner Gitarre ein ganzes Jahr lang durch Lateinamerika, wobei er mit Indigenen in Bolivien Gitarre spielte, Spanisch und brasilianisches Portugiesisch lernte, zweimal so krank wurde, dass er dachte, er würde sterben, und in einem Bandenkrieg in den Favelas von Rio de Janeiro, mit dem er nichts zu tun hatte, am Oberarm angeschossen wurde. Dennoch hatte er sich in das Land Brasilien verliebt und spendete regelmäßig Geld für den Erhalt des Amazonasregenwaldes. Tania erzählte, dass auch sie sich seit ihrem zwanzigsten Lebensjahr immer mal wieder für den Umweltschutz engagierte und vor vier Jahren Vegetarierin geworden war (außer bei Familienessen mit ihren Eltern), es aufgrund ihrer Liebe für Joghurt jedoch niemals zur Veganerin schaffen würde. Sie verschwieg, dass sie regelmäßig Self-Development-Bestseller las, und erzählte stattdessen, dass sie zum Entspannen gern mit einer warmen Decke auf ihrer Couch saß und alte Krimis von Agatha Christie las, während der Regen ans Fenster trommelte. Es war nicht direkt eine Lüge, sie hatte das tatsächlich schon ein-, zweimal gemacht und hätte dem durchaus etwas abgewinnen können, wenn sie nicht ständig das Gefühl geplagt hätte, dass sie ihre Zeit verschwendete und ihre Chance, eines Tages ein wunderschöner geschliffener Diamant zu werden, verspielte.

Auch Ben las gern. Biografien von bedeutenden Persönlichkeiten wie John Lennon, Nelson Mandela, Steve Jobs oder Kleopatra und Fantasy-Epen. Die Fantasy-Epen zur Inspiration, die Biografien, um zwischendurch abzuschalten, wie er mit einem Augenzwinkern sagte.

Ben erkundigte sich, wie sie zu ihrem Namen gekommen war. Tania Antonia Martinez. Tania erklärte, dass ihr Vater Spanier war und ihre Mutter Deutsche. Daher auch die Schreibweise ihres Vornamens. Tania. Nicht Tanja. Ben nannte sie einen Glückspilz, weil sie mit zwei Muttersprachen aufgewachsen war, während er sich hatte abrackern müssen, um Spanisch zu lernen.

Als Ben erfuhr, dass Tania zwar in Deutschland aufgewachsen war, ihre Eltern jedoch inzwischen in Südspanien lebten, wurde er besonders neugierig. Er mochte ganz Südamerika bereist haben, doch in Spanien war er – ob man es glauben wollte oder nicht – noch nie gewesen.

Nach seiner längeren Auszeit nach dem Studium hatte Ben einen klassischen Karriereweg eingeschlagen. Er hatte sehr erfolgreich ein paar Jahre in einer auf Marketing spezialisierten Unternehmensberatung gearbeitet, war dann jedoch, als ihm die Arbeitsbelastung zu viel wurde, in die Marktforschung gegangen. Da hatte er zwar mehr Freizeit gehabt, sich jedoch schon nach einem Jahr gelangweilt und dennoch gut zwei Jahre durchgehalten. Seine Marktforschungsexpertise war ihm jedoch zugutegekommen, als er schließlich in die Marketingabteilung eines großen Verlagshauses gewechselt war, wo er schnell aufgestiegen war – bis er schließlich von Tanias und seinem jetzigen Arbeitgeber abgeworben worden war, um Lars' Nachfolge anzutreten.

Auch Tania erzählte von ihrem bisherigen Karriereweg und ihrer Faszination für gutes Marketing. Was auch immer sie sagte, Ben blickte sie an, hörte ihr zu und lächelte.

In den folgenden zwei Wochen gingen sie drei weitere Male nach der Arbeit »ein Feierabendbier trinken«, wie Ben es in Anlehnung an Lars' ursprünglichen Vorschlag nannte, obwohl er weiterhin immer ein Glas Wein trank und jedes Mal der Empfehlung des Barpersonals folgte. Beim dritten Mal war Lars gar nicht dabei. Seine Abwesenheit fiel kaum auf. In den Business-Meetings, die sie diese Woche gehabt hatten, war es nicht anders gewesen. Ben war keiner von diesen Typen, die neu in ein Unternehmen kommen, sich unglaublich aufplustern und so tun, als wären vor ihnen nur Stümper am Werk gewesen. Er drängte sich in keinster Weise auf. Er war gelassen, hörte hauptsächlich zu und redete wenig. Doch *wenn* er redete, hing jeder an seinen Lippen. Das galt nicht nur für Tania. Tania beobachtete, dass selbst die Riege der alten Herren auf Ben ganz anders reagierte als auf Lars. Auf Lars hatten sie wohlwollend herabgeblickt. Mit Ben, obwohl auch er erst Mitte dreißig war, redeten sie auf Augenhöhe. Sie hörten ihm tatsächlich zu. Tania erkannte, dass auch Ben ein Story-Teller war. Nur ging er die Sache ganz anders an als alle, die Tania bisher erlebt hatte. Anders als Marc, anders als Claudia, anders als zahlreiche andere Ex-Kollegen aus der Werbeagentur, anders als Lars. Was Bens Story-Telling so besonders machte, war, dass man noch keine Ahnung hatte, was für eine Geschichte er erzählen würde. Und trotzdem schien niemand daran zu zweifeln, dass es eine ganz großartige Geschichte sein würde. Es war, als bereite er die Geschichte, die er irgendwann erzählen würde, bereits vor. Er machte seine Zuhörer zu wesentlichen Bestandteilen seiner Geschichte. Nein, das ist eine Untertreibung. Er machte sie zu Helden. Er baute Vorfreude auf. Aufregung. Freudige Erwartung. All dies erkannte Tania, als sie mit den alten Herren bei einem informellen Meeting zusammensaßen. Die Atmosphäre war entspannt, es wurde Smalltalk gehalten und gelacht. Das Meeting hatte keine klare Agenda, es schien fast wie ein sorgloses Spiel und doch erkannte Tania, was das Ziel des Spieles war. Ob die alten Herren dies auch schon wussten, da war Tania sich nicht sicher. Es war – und bei dem Gedanken spürte Tania, wie sie errötete, und war dankbar, dass niemand ihr besondere Aufmerksamkeit schenkte – wie ein Liebesspiel. Ein ausgedehntes Liebesspiel, denn Ben war nicht auf einen Quickie aus. Er ließ sich Zeit für einen ausgiebigen Flirt. Er verführte behutsam, er baute Verlangen nach mehr auf und befriedigte dieses Verlangen so langsam, dass es beständig wuchs. Ein fulminanter, leidenschaftlicher und alle befriedigender Liebesakt musste zwar noch warten, doch er war schon jetzt unausweichlich. Und *jeder* würde zum Höhepunkt kommen. Nach nur zwei Wochen hatte Ben erreicht, was Lars und Tania in zwei Jahren nicht geglückt war. Ben war ein Meister-Story-Teller, der ganz genau zu wissen schien, was eine Geschichte schön und was sie mächtig machte.

Tanias Tagtraum, die Leitung des Marketingteams von Lars zu übernehmen und endlich zu den alten Herren durchzudringen, sie mit ihrem Genie in ein nie da gewesenes Staunen zu versetzen, war längst vergessen. Überhaupt durchlebte Tania eine ganz neuartige Phase in ihrem Leben. Sie verschwendete keinen einzigen Gedanken an ihre Karriere. Sie pflegte keine gut organisierte To-do-Liste, auf der es tausend wichtige Sachen abzuhaken galt, tauchte nicht abends in Self-Development-Bücher ab, sprang nicht, wenn der Wecker um 5.30 Uhr klingelte, aus dem Bett, um den Tag mit einem ausgiebigen Workout zu beginnen. Tania verbrachte viel Zeit damit zu träumen. Morgens lag sie allein in ihrem Bett und träumte. Abends setzte sie sich tatsächlich hin und wieder mit einer Decke und einer Tasse Tee auf ihre Couch, schlug eines ihrer Agatha Christie-Bücher auf und begann zu lesen – verlor aber meist schon nach wenigen Minuten den Faden, weil ihre Gedanken eigene Wege gingen.

Am Freitag von Bens dritter Woche gingen sie wieder »ein Feierabendbier trinken«. Lars war nicht dabei; ihm blieb noch eine Woche im Unternehmen und er hatte viel damit zu tun, seinen neuen Job vorzubereiten.

»Ich denke«, sagte Ben, nachdem sie beide ein erstes Glas

Wein geleert hatten, fast beiläufig, »wir sollten miteinander ausgehen.«

Tanias Herz setzte einen Schlag aus. *Was?!*

»Du meinst … ein Date?« *Sei nicht dämlich! Das kann er nie im Leben gemeint haben!*

Ben verzog das Gesicht zu einem breiten Grinsen und nickte.

»Wann?«, fragte Tania. »Morgen Abend?«

»Ich hatte an *nächsten* Samstag gedacht«, erwiderte Ben.

Einen Moment lang starrten sie sich an. Und Tania erkannte, was er spielte. Sie hatte in den letzten Wochen beobachten können, wie Ben den Flirt mit der Riege der alten Herren ganz sanft eingeleitet, einen vorsichtigen, verführerischen Tanz begonnen und das Verlangen nach mehr langsam gesteigert hatte. Doch ihr Verlangen, das sie permanent zu unterdrücken suchte, weil Ben schließlich nach Lars' Ausscheiden in genau einer Woche offiziell ihr neuer Chef sein würde, war bereits riesig! Es konnte kaum noch gesteigert werden! Sie hatte in den letzten Wochen mehr Energie darauf verwendet, Ben im Büro nicht anzuschmachten, als auf ihre tatsächliche Arbeit.

Nachdem er diese Tür, die Tania fest verschlossen geglaubt hatte, geöffnet hatte, konnte sie nicht eine Woche warten, bevor sie hindurchging! Eine Woche, das war eine Ewigkeit! Was konnte in einer Woche nicht alles passieren! Was, wenn er es sich anders überlegte und die Tür wieder schloss? Nein, wenn er mit ihr ausgehen wollte, dann sofort.

»Morgen«, sagte sie bestimmt. »20 Uhr.«

Ben blickte sie an und grinste erneut.

Er hatte einen Tisch für zwei in einem netten kleinen, nicht allzu schicken Restaurant reserviert. Das Essen war köstlich, der Wein exquisit. Und Ben … Es war, als habe er einen Schleier abgeworfen. Vorher hatte sie ihn gesehen, hatte erahnt, was für ein toller Mann er war, doch jetzt sah sie ihn klarer. Er lächelte mehr. Seine Stimme hatte einen anderen, intensiveren Klang. Er hörte ihr zu, berührte sie hin und wieder, was er bisher nie getan hatte – außer als sie sich bei ihrem allerersten Treffen zur Begrüßung die Hand gegeben hatten. Bei jeder seiner Berührungen durchfuhr es Tania wie ein kleiner Stromschlag. Dabei berührte er sie an ganz harmlosen Stellen. An der Hand. An ihrem Unterarm. An ihrem Rücken. Tania erkannte auch, dass Ben noch weitere Schleier trug. Er blieb in gewisser Weise geheimnisvoll, was Tania ungemein erregte.

Nach dem Dessert machten sie einen Spaziergang durch die Nacht. Die Luft war lau und angenehm. Irgendwann hielt Tania es nicht länger aus. Sie blieb abrupt stehen, und Ben blickte sie besorgt an, als fürchte er, dass etwas nicht stimmte. Doch nichts stimmte nicht. Alles war so, wie es sein sollte, nur dass jetzt, das spürte Tania genau, der Zeitpunkt für den nächsten Schritt gekommen war. Sie schlang ihre Arme um Bens Hals, drückte sich an ihn, näherte sich mit ihren Lippen seinem Mund und schloss die Augen. Es war, wie sie es sich erträumt hatte, nein, besser! Bens Lippen waren besser als das köstliche Abendessen, sie waren warm, weich und stark. Seine Küsse waren eine Mischung aus Ruhe und Leidenschaft, Sanftheit und Begehren. Ein weiterer Schleier war gefallen.

Es war Mitternacht, als sie gemeinsam im Taxi saßen, Hand in Hand, ohne ein Wort zu sagen. Als sie vor Tanias Wohnhaus anhielten, sagte Ben zu dem Taxifahrer:

»Bitte warten Sie kurz, während ich die Dame zur Tür bringe. Ich fahre gleich weiter.«

Als Ben ausgestiegen war, sagte Tania zu dem Fahrer:

»Bitte entschuldigen Sie meinen Mann, er hat etwas viel getrunken und erlaubt sich dann manchmal einen Scherz. Hier!« Sie reichte ihm einen Zwanzigeuroschein, stieg aus, schlug die Tür zu und ließ sich von Ben zur Haustür führen. Als sie sie erreichten, fuhr das Taxi an und beschleunigte die Straße hinunter.

»Der hat wohl nicht ganz verstanden«, bemerkte Ben.

»Der hat sehr gut verstanden«, widersprach ihm Tania, während sie die Tür aufschloss. »Komm! Du hast heute Nacht noch was vor!«

Ohne eine Antwort abzuwarten, ergriff sie Bens Hand und zog ihn ins Haus. Im Fahrstuhl nutzten sie die dreißig Sekunden bis in den dritten Stock und küssten sich leidenschaftlich. Und als sie endlich in ihrer Wohnung waren, spürte Tania, wie Bens letzter Schleier fiel. Nichts trennte sie mehr von ihm, weder im übertragenen noch im wörtlichen Sinne. Und Bens übliche Gelassenheit war durch eine unbändige Leidenschaft ersetzt worden. Er war sanfter als Julius, der Kinderarzt, mit dem Tania zusammen gewesen war, und feuriger als der Isländer. Ben war … unbeschreiblich.

Tanias erste Nacht mit ihm war die anstrengendste ihres Lebens.

Als sie um elf erwachte, brachte Ben ihr das Frühstück ans Bett. Er war bereits beim Bäcker gewesen, hatte aus einer Pampelmuse und zwei Orangen einen Saft für sie gepresst, ihr ein Omelett gebraten, wie sie noch keines in ihrem Leben gegessen hatte, und ein paar Erdbeeren und einen Pfirsich, die Tania noch im Kühlschrank gehabt hatte, geschnitten und die Stücke kunstvoll auf einem keinen Teller angeordnet. Beim Anblick all dieser Köstlichkeiten spürte Tania, wie hungrig sie war, und fiel über das Frühstück her. Und als sie zu Ende gespeist hatte, fiel *er* über *sie* her. Sie war noch wund von ihrem ausgiebigen Liebesspiel der letzten Nacht, doch es störte Tania nicht. Sie würde, da war sie sich schon jetzt ganz sicher, nie zu viel von Ben bekommen.

Tatsächlich blieb es nicht bei dieser einen Nacht. Die Beziehung zu Ben wurde schnell ernst, ohne ihre Verspieltheit einzubüßen.

»Was ist dein Geheimnis?«, fragte Ben sie, als sie gemeinsam an einem Samstagabend auf Tanias Couch saßen.

»Was?«

»Dein Geheimnis!«

»Was meinst du damit?«

»Wie schaffst du das? Wenn wir im Büro zusammenarbeiten, habe ich immer den Eindruck, dass du zu hundert Prozent bei der Sache bist. Ich schaffe es keine Sekunde, nicht an das zu denken, was wir in der Nacht zuvor getan haben«, erklärte Ben.

Tania lachte auf.

»Erstens sollen unsere Kollegen nichts von unserer Beziehung wissen«, erwiderte Tania. Das hatten sie tatsächlich fürs Erste beschlossen. »Außerdem kann *ich* es mir nicht leisten, abgelenkt zu sein. Schließlich werde ich permanent von meinem Chef beobachtet.«

»Permanent?« Ben grinste. »Das kommt der Wahrheit ziemlich nahe.«

Er küsste sie.

»Und was ist dein Geheimnis?«, fragte Tania, als er von ihr abließ.

»Welches meinst du?«

Tania zögerte.

»Du bist so … gelassen. Auch ich habe dich viel beobachtet, musst du wissen. Es scheint, dass dich nichts aus der Ruhe bringen kann. Oder du bist der beste Schauspieler, der mir je begegnet ist.«

Ben zuckte mit den Schultern. »Ich glaube nicht, dass ich ein guter Schauspieler bin. Ich habe einfach gelernt, dass es etliche Sachen gibt, die nicht in meiner Macht stehen. Und das akzeptiere ich. Also kann ich auch gelassen sein.«

»Das heißt, wenn etwas nicht klappt, ist es nicht deine Schuld?«

»Zumindest besteht die Möglichkeit«, entgegnete er. »Genauso liegt es nicht immer nur an mir, wenn mir etwas gelingt. Es kann auch Zufall sein – oder er spielt zumindest mit.«

»Meinst du das ernst?«

»Natürlich! Ich finde, viele Menschen machen den Fehler, dass sie meinen, ständig alles beeinflussen zu können. Dadurch machen sie sich wichtig. Wichtiger als die meisten sind. Außerdem setzen sie sich großem Stress aus.«

»Und du nicht?«

»Zumindest weniger als viele. Ich räume dem Zufall einen Platz in meinem Leben ein und akzeptiere ihn. Manchmal hat man Pech und manchmal Glück. Deswegen habe ich auch immer einen Würfel dabei. Um mich daran zu erinnern, dass es manchmal nicht in meiner Hand liegt, was passiert. Ich habe sogar schon wichtige Entscheidungen gewürfelt.«

»Was?!«

Ben nickte und lächelte. »Zum Beispiel als die Riege der alten Herren mir den Job angeboten hat. Ich war in meinem alten Job nicht unglücklich. Es sprach auch einiges dafür dortzubleiben.«

»Also hast du … *gewürfelt*??«

»Ich sagte mir, wenn ich eine ungerade Zahl würfele, nehme ich den Job an. Bei einer geraden Zahl hätte ich das Angebot ausgeschlagen.«

»Was hast du gewürfelt?«

Ben strahlte Tania an. »Eine Sechs.«

Tania starrte ihn an.

»Du bist unmöglich!«, rief sie aus. »Und ich habe dir wirklich jedes Wort geglaubt!«

»Ich frage mich, ob ich deswegen gekränkt sein sollte«, sagte Ben gespielt nachdenklich.

»Du? Wieso du?!«

»Du scheinst mich für blöd zu halten. Nur weil ich dem Zufall einen Platz in meinem Leben einräume, heißt das noch lange nicht, dass ich so wichtige Fragen von einem Würfel entscheiden lasse.«

»Du bist auch blöd, mir so einen Bären aufzubinden«, entgegnete Tania, und Ben lachte.

»Das meiste, was ich gesagt habe, stimmt«, sagte er versöhnlich. »Ich habe auch wirklich immer einen Würfel in der Tasche. Wollen wir eine Runde würfeln?«

»Wieso?«

»Nur so! Aus Spaß! Um zu sehen, wer die höhere Zahl wirft.«

Tania sah ihn prüfend an. »Wenn ich die höhere Zahl würfele, massierst du mir die Füße.«

»Sehr gern!«, stimmte Ben lächelnd zu, griff in seine Tasche und zog tatsächlich einen Würfel hervor. »Und wenn ich gewinne, du mir. Hier, du fängst an.«

Tania nahm den Würfel. Als sie ihn gerade werfen wollte, fragte Ben: »Was meinst du, wer wird gewinnen?«

Tania hielt in der Bewegung inne und blickte ihn an. Was spielte Ben für ein Spiel? Gab es bei dem Würfel einen Trick? Es war *sein* Würfel. War er gezinkt? Dann hatte er eindeutig einen Vorteil.

»Du?«, stieß sie zögernd hervor.

»Wieso spielst du dann?«

»Weil ich nicht nachgedacht habe.« Tania schwieg einen Moment. »Und was meinst du, wer gewinnt?«

»*Ich* gewinne auf jeden Fall. Denn ob *ich dir* oder *du mir* die Füße massierst – beides gefällt mir. Was die Zahlen angeht«, Ben zuckte mit den Schultern. »Ich habe keine Ahnung. Die Chancen stehen fifty-fifty.«

Tania rollte mit den Augen und würfelte. Als sie die Augenzahl sah, stöhnte sie auf. Eine Zwei.

»Immerhin lässt du mir eine kleine Chance von fast siebzehn Prozent, eine kleinere Zahl zu würfeln«, bemerkte Ben und nahm den Würfel.

»Moment!«, rief Tania. »Was, wenn du auch eine Zwei würfelst?«

Ben zog die Augenbrauen hoch. »Hältst du mich für so einen schlechten Würfler?«

Er würfelte eine Sechs. Tania stöhnte erneut auf, und Ben grinste.

»Na, los, gib schon her, deine Füßchen«, sagte er sanft.

Ben war jedoch nicht immer so gelassen. Auch er konnte sehr hart arbeiten, wenn es sein musste.

Bei der Arbeit wurden Tania und Ben ein gutes Team. Viel besser als Tania und Lars es je gewesen waren. Dabei ließ Ben Tania niemals spüren, dass er ihr Manager war. Wenn sie wichtige Entscheidungen treffen mussten, hörte er auf ihre Meinung. Gab ihr recht. Bewunderte ihre Kreativität, die er dann so verpackte, dass die Riege der alten Herren sie annahm.

In der Mittagspause liebten sie sich manchmal in der Dusche, die es im Kellergeschoss des Bürogebäudes gab, und die von niemandem genutzt wurde. Die Wochenenden verbrachten sie in Parks, im Kino, im Theater, in Restaurants. Sie stellten sich ihren jeweiligen Freunden vor, und Tania meinte, den Neid ihrer Freundinnen zu fühlen, wenn sie *ihren* Ben kennenlernten.

Als sie mal eine wichtige Präsentation für die alten Herren vorbereiteten, blieben sie bis sehr spät im Büro. Das Konzept war ausgezeichnet, da waren sie sich einig, doch Ben war unzufrieden mit dem, was er Verpackung nannte.

»Du hast *deinen* Teil der Arbeit bestens gemacht. Aber ich komme mit *meinem* Teil nicht klar«, sagte er missmutig. »Mir fehlt die Inspiration.«

»Ich helfe dir«, flüsterte Tania ihm ins Ohr und öffnete ihre Bluse.

Als sie kurz darauf splitternackt vor ihm stand und er gierig nach ihr greifen wollte, entzog sie sich ihm und schüttelte mit dem Kopf.

»Erst die Arbeit, dann das Vergnügen«, erklärte sie ihm im Tone einer Grundschullehrerin. »Ich will dir nur das Vergnügen vor Augen führen, um dich daran zu erinnern, dass es die Arbeit wert ist.«

»Du bist grausam. Wie soll ich mich denn so konzentrieren?« Bei diesen Worten sah Ben so elend aus, dass Tania lachen musste.

»Vielleicht kann ich dir anders helfen.« Sie ließ sich auf alle Viere nieder und kroch unter Bens Schreibtisch.

»Lass das!«, sagte er. »Das gehört sich nicht für eine intelligente emanzipierte Frau.«

Für diese kleine Bemerkung liebte Tania ihn noch mehr.

»Das gehört sich durchaus für eine intelligente emanzipierte Frau, wenn sie es aus freien Stücken tut«, entgegnete sie. »Und jetzt Augen auf den Bildschirm und an die Arbeit! Ich will nicht die ganze Nacht im Büro verbringen. Ich hab' noch andere Pläne!«

Eine halbe Stunde später erklärte Ben, er sei mit dem Ergebnis seiner Arbeit SEHR zufrieden. Wie es genau zu dieser Zufriedenheit kam, bleibt bis heute ungeklärt; es ist nicht ausgeschlossen, dass »Tanias magische Lippen«, wie Ben es nannte, tatsächlich für die nötige Inspiration gesorgt hatten. Mindestens ebenso gut möglich ist es jedoch, dass Ben an Tanias »anderen Plänen für die Nacht« so interessiert war, dass er sich schließlich doch mit einem nicht ganz perfekten Arbeitsergebnis zufriedengab. Wie dem auch sei, Tanias »andere Pläne für die Nacht« wurden in die Tat umgesetzt, wobei Ben sich ausgiebig für die ihm im Büro erbrachte Inspirationshilfe revanchierte.

Als sie am nächsten Morgen kaum ausgeschlafen, aber sehr zufrieden mit der Riege der alten Herren zusammensaßen und Ben die Präsentation des neuen Marketingkonzepts mit den Worten einleitete, er sei letzte Nacht von der Muse geküsst worden, konnte Tania ein Lachen kaum unterdrücken und war einmal mehr dankbar, dass Ben auf seine unnachahmliche Weise die Aufmerksamkeit aller auf sich gezogen hatte.

»Ich glaube, die Sache ist ganz gut angekommen«, meinte er, als sie später zu zweit beim Mittagessen saßen. »Oder?«

Tania verdrehte die Augen. Er wusste ganz genau, dass seine Geschichte die alten Herren begeistert hatte.

»Dabei hast du geschwindelt«, bemerkte sie.

»Wieso?«

»›Letzte Nacht hat mich die Muse geküsst‹«, zitierte sie ihn. »Ge*küsst* hat dich die Muse nicht. Das nennt man anders.«

Er grinste breit. »So? Wie denn? Kannst du es mir erklären? Oder willst du es mir lieber noch mal zeigen?«

KAPITEL 1.5

So schön diese Zeit auch war, während der sie gemeinsam arbeiteten und gemeinsam lebten, es war klar, dass es nicht ewig so weitergehen könnte. Einerseits wollten sie ihre schnell ernst gewordene Beziehung nicht vor ihren Kollegen verheimlichen müssen. Andererseits wurden Beziehungen zwischen Kollegen zwar grundsätzlich toleriert – allerdings nur, wenn dadurch kein Risiko für das Business bestand oder kein Risiko bestand, dass es zu Ungerechtigkeiten gegenüber anderen Kollegen kam. Und Letzteres war aufgrund der hierarchischen Beziehung, die Tania und Ben verband, der Fall. Das wurde besonders deutlich, als drei Monate später die halbjährlichen Mitarbeitergespräche anstanden, bei denen formales Feedback kommuniziert wurde und Entscheidungen über Beförderungen und Gehaltserhöhungen getroffen wurden.

»Ich wüsste nicht, wie du deine Sache besser machen könntest«, sagte Ben ernsthaft, als sie eines Abends zusammen auf Tanias Couch saßen. »Wenn ich meine eigene Arbeit ansehe, finde ich tausend Sachen, die ich im Nachhinein anders machen würde. Aber bei dir ist alles perfekt. Nur wenn ich das so der Personalabteilung melde und dann herauskommt, dass wir zusammen sind, werden sie mir vorwerfen, dass ich dich gegenüber anderen bevorzuge.«

»Das will ich auch hoffen«, entgegnete Tania scherzhaft.

Doch Ben hatte recht. So gut es auch bisher funktioniert hatte, sie konnten nicht dauerhaft zusammenarbeiten und eine Liebesbeziehung führen. Also machte Tania den Vorschlag, dass sie sich nach einem anderen Job umsehen würde. Sie war schon, bevor sie Ben kennengelernt hatte, nicht weit davon gewesen, ihren Job zu kündigen. Sie kannte das Unternehmen inzwischen auswendig, und ihr Herz schlug nicht für das Business. Es war eigentlich sogar ganz gut, dass die Situation sie quasi zwang, aus ihrer Komfortzone herauszutreten und eine neue Herausforderung zu suchen.

Dieses Mal kontaktierte Tania keine Headhunter. Es wäre ein Leichtes gewesen, opportunistisch die nächstbeste Stelle, die man ihr anbot, anzunehmen, doch sie wollte diese Gelegenheit nutzen, etwas zu suchen, für das sie wirklich eine Leidenschaft hatte. Sie recherchierte, traf sich mit Leuten aus ihrem und Bens Netzwerk und stellte sich selbstkritisch die Frage, wofür ihr Herz wirklich schlug. Außer für Ben natürlich.

Bei einer Abendveranstaltung für ausschließlich weibliche Führungskräfte lernte Tania Viktoria König kennen. Viktoria König war die Marketingchefin eines Unternehmens namens Fair^Made und eine von fünf Stargästen – oder StargästIN-NEN, wie man vermutlich korrekterweise sagen sollte – des Abends. Die Veranstaltung war in zwei Teile geteilt: Erst gab es eine Podiumsdiskussion, bei der eine junge Moderatorin Viktoria König und den vier anderen Topmanagerinnen hintereinander mehr oder weniger interessante Fragen stellte, anschließend einen informellen Teil mit Snacks und Getränken, bei denen man networken und mit ganz viel Glück vielleicht ein kurzes Gespräch mit einer der fünf Topmanagerinnen führen konnte. Oder sie zumindest mal berühren oder von Nahem sehen.

Schon bei der Podiumsdiskussion fiel Viktoria König Tania auf. Sie war mit Abstand die Jüngste und schien im Gegensatz zu den vier anderen über ein natürliches Lächeln zu verfügen. Als Jüngste in der Runde kam sie als Letzte an die Reihe.

Die Fragen der Moderatorin zielten – das musste jeder durchschauen, der nicht total auf den Kopf gefallen war – im

Prinzip darauf ab, dass jede der fünf Frauen eine sehr ähnliche Geschichte erzählte: Wie sie als Frau schon immer benachteiligt worden waren, offenkundig oder subtil, wie sie Opfer von Sexismus geworden waren, allein wegen ihres Geschlechts Rückschläge hatten hinnehmen müssen und es ihnen trotzdem, dank eiserner Disziplin, harter Arbeit und Durchhaltevermögen, gelungen war, sich in einer harten Männerwelt gegen die Übermacht weißer elitärer Männer zu behaupten und ganz nach oben zu gelangen. Die vier ersten Topmanagerinnen folgten diesem Beispiel. Dann fragte die Moderatorin, ob denn wirklich alle Männer schlecht seien, und dann wurde versöhnlich relativiert. Ja, es stimme, es gebe auch ein paar Männer, die die Souveränität besaßen, der es wohl bedurfte, um unter einer Frau zu arbeiten, aber es seien eben allzu wenige. Und deswegen könne es nur eine Mission für Frauen wie sie, die es bis an die Spitze geschafft hatten, geben: Alles dafür tun, mehr Frauen in die Führungsebenen von Unternehmen zu bringen. Und wenn das hier und da bedeutete, dass qualifizierte Männer benachteiligt wurden, dann sei das nur gerecht, schließlich seien Frauen seit Millionen Jahren von Männern diskriminiert worden und würden es, das hatten sie ja am eigenen Leibe erlebt, auch heute noch.

Die Geschichte, die die Topmanagerinnen ihren Zuhörerinnen erzählten, durchschaute Tania leicht: »Es ist nicht eure Schuld, wenn ihr es noch nicht an die Spitze geschafft habt«, sagten sie. »Ihr seid die Opfer männlicher Diskriminierung.«

Tania fand diese Frontenbildung Männer gegen Frauen, Frauen gegen Männer bedauerlich. Dass Frauen überall auf der Welt, selbst in modernen Ländern wie Deutschland, auch heute noch in vielen Situationen benachteiligt wurden, war ihr natürlich bekannt. Wenn man nicht gerade als Einsiedler (oder Einsiedlerin) irgendwo in einer einsamen Almhütte lebte, war es unmöglich, das nicht zu wissen. Doch es schien Tania, dass die bewusste Benachteiligung von Männern als

Gegenmaßnahme nicht die ideale Lösung war. Vielleicht lag das daran, dass sie bis über beide Ohren in Ben verliebt war. Vielleicht daran, dass Ben sie nicht nur als attraktive Frau, sondern auch als Marketing-Expertin ehrlich bewunderte – völlig ungeachtet ihrer hierarchischen Beziehung im Büro. Doch auch während der zweijährigen Zusammenarbeit mit Lars hatte sie nie das Gefühl einer ungerechten Behandlung gehabt. OK, Marc, ihr allererster Manager damals in der Werbeagentur, hatte den ein oder anderen Blick auf ihr hübsches Dekolleté geworfen, das war ihr nicht entgangen. Aber war er deswegen ein Sexist? Hatte er sie ausgenutzt oder benachteiligt? Tania war sich ziemlich sicher, dass dies nicht der Fall gewesen war. Im Gegenteil, Marc hatte sie immer respektvoll behandelt, hatte mit seinen positiven Bewertungen ihrer Arbeit den Grundstein für ihre erste Beförderung gelegt, und sie hatte ganz Wesentliches von ihm gelernt, ohne das sie ganz gewiss nicht so weit gekommen wäre.

Etwas enttäuscht von den Diskussionen mit den ersten vier Topmanagerinnen (da hatte sie einfach mehr Tiefgang erwartet) überlegte Tania schon, ob sie gehen sollte, um lieber den Rest des Abends mit Ben zu verbringen, als Viktoria König, Chief Marketing Officer von Fair^Made, als Letzte an die Reihe kam.

Viktoria König erzählte *nicht* die gleiche Geschichte. Sie nahm die Steilvorlagen der Moderatorin nicht an, sondern strukturierte die Diskussion selbst. Sie erzählte zuerst von Fair^Made. Das Unternehmen war vor ein paar Jahren mit dem Ziel gegründet worden, die Welt ein kleines bisschen besser zu machen – und dabei Geld zu verdienen. Das Unternehmen produzierte klimaneutral und zu fairen Bedingungen nachhaltige Mode und operierte damit in einer zwar kleinen, aber beständig wachsenden Nische im Modemarkt, der weltweit für acht Prozent der menschengemachten CO_2-Emissionen verantwortlich war – ein Zustand, den es zu ändern galt. Natürlich war es Fair^Made auch wichtig, dass Frauen nicht benachteiligt wurden. Fair^Made hatte Gleichberechtigung aller, unabhängig von Geschlecht, Herkunft, Alter, Religion, sexueller Orientierung oder was auch immer für Kriterien man finden mochte, um Menschen in unterschiedliche Gruppen zu spalten, in seinen Unternehmenswerten verankert. Natürlich, gab Viktoria König zu, half es, dass Fair^Made gemeinsam von einem deutschen Mann und einer schwedischen Frau gegründet worden war. Heute waren im Topmanagement von Fair^Made Frauen und Männer zu etwa gleichen Teilen, die aus Deutschland, Schweden, Japan, Indien, Frankreich und England kamen. Das, so versicherte Viktoria König, sei aber keinesfalls das Ergebnis irgendwelcher Quotenregelungen. Es sei das Ergebnis einer offenen Unternehmenskultur, die Talent aus der ganzen Welt anziehe und in der Talent aus der ganzen Welt willkommen sei. Und ja, auch bei Fair^Made hatte es schon Fälle von Sexismus gegeben, nobody's perfect, und dann redete man darüber. Zumindest bisher hatte man bei Fair^Made so noch alle Probleme lösen können.

Tania war begeistert. Diese junge Frau dort oben auf dem Podium war keine Bullshitterin.

»Und wie bist du Chief Marketing Officer von Fair^Made geworden, obwohl du eine junge attraktive Frau bist?«, stellte die Moderatorin ihre nächste Frage. »Erzähl uns ein bisschen von den Hürden, die du nehmen musstest!«

OBWOHL du eine junge attraktive Frau bist?!? Tania hätte die Moderatorin ohrfeigen wollen.

Viktoria König jedoch lächelte.

»Ehrlich gesagt hatte ich Glück«, begann sie, und Tania musste bei dem Wort »Glück« an Ben und seinen Würfel denken. »Ich war zum richtigen Zeitpunkt am richtigen Ort, denke ich. Ich hatte seit ein paar Jahren im Fair^Made-Marketing-Team gearbeitet, ich hatte natürlich den ein oder anderen Fehler gemacht, aber im Großen und Ganzen solide Arbeit abgeliefert. Hinzu kommt, dass ich das große Glück hatte, auf einem größeren Projekt mit unserer Gründerin Lena Persson zusammenarbeiten zu dürfen. Und als dann die

CMO-Position frei wurde, gab Fair^Made mir eine Chance. Es war ein großer Vertrauensbeweis. Dementsprechend habe ich mich reingehängt. Ich wollte weder das restliche Leadership Team noch meine Kollegen im Marketing-Team enttäuschen. Natürlich habe ich in der neuen Rolle jede Menge Fehler gemacht. Doch zum Glück war mein Team nachsichtig mit mir und hat mir geholfen. Außerdem haben wir bei Fair^Made eine Policy, die Risk-Taking ermutigt. Dass dabei Fehler passieren, ist normal – und völlig OK, solange man aus den Fehlern lernt. Übrigens, im Vergleich zum Fair^Made-Durchschnittsalter bin ich gar nicht so jung«, fügte sie mit einem Augenzwinkern hinzu. »Das Durchschnittsalter beträgt achtundzwanzig Jahre – da passe ich also perfekt rein.«

Je mehr Tania von Viktoria König hörte, desto mehr bewunderte sie die junge Frau. *Die* war ein echter Diamant! Ein geschliffener, wohlgemerkt, denn Viktoria König funkelte in allen nur erdenklichen Farben. Dabei war die Marketingchefin Fair^Mades sogar noch ein paar Jahre jünger als Tania. Wer denkt, Tania hätte Neid empfunden, weil Viktoria König früher deutlich weiter im Leben gekommen war, täuscht sich. Noch während Viktoria auf die Fragen der Moderatorin antwortete – oder diese geschickt umformulierte und dann ihre eigenen Fragen beantwortete – begann Tania davon zu träumen, in Viktoria Königs Marketing-Team zu arbeiten, zumal Tania begeistert von Fair^Mades besonderem Fokus auf Nachhaltigkeit war. Sie war enttäuscht, dass es ihr trotz aller Mühe im Anschluss an die Podiumsdiskussion nicht gelang, auch nur in die Nähe der jungen Frau zu gelangen, denn auch die überwältigende Mehrheit der anderen Frauen aus dem Publikum hatte eindeutig ein größeres Interesse an einem Austausch mit Viktoria König als mit den vier anderen Topmanagerinnen.

Als sie Ben später am Abend von Viktoria König und Fair^Made vorschwärmte und niedergeschlagen berichtete, dass es unmöglich gewesen war, mit Viktoria König zu sprechen, zuckte Ben mit den Schultern.

»Ruf sie an«, schlug er ihr vor. »Erzähl ihr, was du mir gerade erzählt hast, und frag sie, ob da nicht ein Platz in ihrem Team für dich ist. Du bist eine so fantastische Frau und nebenbei so gut in deinem Job, dass sie dumm wäre, wenn sie dir nicht zumindest zuhört. Und wenn sie nicht sofort eine freie Stelle hat, hat sie dich auf dem Radar.«

»Meinst du?«

»Unbedingt! Was hast du zu verlieren?«

Tania nickte. »Ich ruf' sie gleich morgen an.«

»Nachdem du mir nun gefühlte drei Stunden von Viktoria König vorgeschwärmt hast – wie waren die anderen?«

Tania zögerte. »Einerseits ist beeindruckend, was sie erreicht haben. Eine ist mit fünfundvierzig CEO eines mittelständischen Unternehmens und hat nebenbei fünf Kinder großgezogen. Eine andere engagiert sich neben ihrem Job aktiv für mehr Gerechtigkeit für Frauen und organisiert regelmäßig Demos und Petitionen. Aber irgendwie waren sie mir … unsympathisch.«

»Wieso?«

»Sie schienen geradezu männerfeindlich. Alle vier waren der Meinung, dass es sich mit dem Ego der überwältigenden Mehrheit der Männer nicht vereinen lässt, unter eine Frau zu arbeiten.«

Ben zuckte mit den Schultern. »Ich befürchte, damit könnten sie nicht ganz unrecht haben. Dass es die überwältigende Mehrheit der Männer ist, glaube ich nicht. Zumindest nicht in Deutschland. Doch ich kann mir gut vorstellen, dass das für viele Männer ein Problem darstellt. Für mich übrigens nicht. Kommt natürlich etwas auf die Frau an – aber unter *dir* würde ich sehr gern arbeiten! Und ich finde, jetzt ist genau der richtige Zeitpunkt, das mal wieder zu tun!«

Er näherte sich Tania, grinste frech und zog ihr mit wenigen Handgriffen ihr Kleid und ihre Unterwäsche aus.

Er arbeitete sehr gewissenhaft unter ihr, und Tania war mit

seiner Arbeit ausgesprochen zufrieden.

Tania erreichte Viktoria König sofort am nächsten Morgen. Die junge Marketingchefin hörte Tania aufmerksam zu und fragte, ob sie Tania nicht zu einem Tee einladen könnte, gleich am Nachmittag. Tania konnte ihr Glück kaum fassen.
Das Gespräch lief ausgesprochen gut. Es war eine Mischung aus Marketingdiskussion, Erfahrungsaustausch, Small Talk und Bewerbungsgespräch.
Eine Woche später rief Viktoria König Tania an und bot ihr eine Stelle in ihrem Team an. Tania sollte direkt an sie berichten und sich mit einem kleinen Team von vier Personen um Fair^Mades Offline-Werbung kümmern. Werbung in Zeitschriften, Außenwerbung auf Plakaten, Fernsehwerbung gemeinsam mit dem Online-Marketing-Team und Werbepartnerschaften. Außerdem sollte Tania zu einer kleinen Gruppe gehören, die mit Viktoria an dem Markenimage von Fair^Made arbeitete.
Nur weil Ben sagte, man solle immer eine Nacht über wichtige Entscheidungen schlafen, sagte Tania nicht sofort zu. Während der Nacht der Entscheidungsfindung war Tania so aufgeregt, dass sie Ben besonders verwöhnte. Am nächsten Morgen hatte sie ihre Meinung nicht geändert und nahm das Angebot an.

Gemeinsam mit Ben informierte Tania die Riege der alten Herren, dass sie ein Paar waren und Tania deswegen beschlossen hatte, das Medienunternehmen zu verlassen und eine fast ebenso spannende Tätigkeit anderswo anzunehmen. Die alten Herren lobten ihre und Bens professionelle Einstellung und überraschten Tania mit geradezu rührenden Bekundungen ihres ernsthaften Bedauerns über ihren Weggang. Sie einigten sich darauf, die Kündigungsfrist von drei Monaten auf zwei Monate zu verkürzen, wofür Tania sehr dankbar war.

Kapitel 1.6

Zwei Monate später räumte Tania ihren Schreibtisch in dem Medienunternehmen. Ben und sie machten zwei Wochen gemeinsam Urlaub in Andalusien. Sie besuchten Tanias Eltern, die sich herzlich freuten, Ben kennenzulernen. Sie aßen Zitrusfrüchte in Sevilla, sahen Straßenkünstlern in Granada zu, sie tranken Gazpacho in Córdoba, blickten von Tarifa hinüber zur nur wenige Kilometer entfernten Küste Nordafrikas und bewunderten überall die Vermischung maurischer und europäischer Kultur. Als sie sich zehn Tage lang keine Minute getrennt hatten, entschieden sie eines Abends bei einem romantischen Abendessen, nach ihrer Rückkehr aus dem Urlaub eine gemeinsame Wohnung zu suchen.

Darum kümmerte sich Ben federführend, während Tania sich voll auf ihre Einarbeitung bei Fair^Made konzentrierte. Ben fand innerhalb von nur zwei Wochen eine absolute Traumwohnung und beförderte nebenbei eine Kollegin aus seinem Marketing-Team, um Tanias freigewordene Stelle zu füllen.

Gleichzeitig hätten Tanias erste Wochen bei Fair^Made nicht besser verlaufen können. Das Arbeitsumfeld in diesem jungen, idealistischen Unternehmen war so motivierend, wie Tania es noch nie gesehen hatte. Man konnte spüren, wie alle sich voll und ganz der Fair^Made-Mission, die Welt ein kleines bisschen besser zu machen, verpflichtet fühlten. Und dann war da Viktoria, Tanias junge Chefin. Sie war nicht so lässig wie Ben, doch auf ihre Art war sie eine ebenso gute Marketingchefin. Viktoria war unglaublich diszipliniert, inspirierte durch ihre Leidenschaft für ihre Arbeit und war gleichzeitig sehr bescheiden. Und obwohl sie ein paar Jahre jünger war als Tania und über weniger Lebenserfahrung verfügte, war Viktoria für Tania möglicherweise in professioneller Sicht eine bessere Managerin als Ben. Von Ben hatte sie gelernt, indem sie ihn beobachtete. Wie er die Riege der alten Herren umgarnte, seine Geschichten – oder eigentlich ihre gemeinsamen Geschichten – subtil aufbaute und dabei jedes noch so kleine Signal seiner Zuhörer aufnahm und berücksichtigte. Wollten sie mehr als er eigentlich hatte erzählen wollen, gab er ihnen mehr. Waren sie noch nicht bereit für das, was er geplant hatte, passte er sich ihnen an. So lehrreich das war, hatte er doch Tania nie kritisches Feedback gegeben und selbst zugegeben, dass Tania in seinen verliebten Augen auf eine ganz und gar unrealistische Weise makellos war. Das war zwar schmeichelhaft für Tania, doch ohne konstruktives Feedback konnte Tania sich nicht weiterentwickeln.

Viktoria hatte damit keine Schwierigkeiten. Sie gab viel situationsabhängiges Feedback – und forderte es auch von Tania ein. Zuerst fand Tania das etwas merkwürdig. Sie kannten sich erst seit einem Monat, als Viktoria zum ersten Mal Feedback von Tania einforderte. »Man kann von jedem etwas lernen, wenn man nur will«, sagte Viktoria. »Und du hast jetzt noch einen frischen Blick, weil du noch nicht lange hier bist.« Also gab Tania Feedback. Und Viktoria nahm es sehr ernst. Drei Tage später bat sie Tania erneut um einen Termin, um gemeinsam zu brainstormen, wie man Tanias Feedback bei Fair^Made umsetzen könnte – fast als wäre *sie* die Marketingchefin. Doch dann erkannte Tania, dass in Viktorias Offenheit für Feedback eine ihrer großen Stärken lag. Sie hatte genau wie Tania den Willen und die Fähigkeit, an sich zu arbeiten. Durch ihr Verhalten war sie für alle ein Vorbild. Indem Viktoria Feedback einforderte und ernst nahm, egal von wem es kam, stellte sie sicher, dass auch ihr Feedback an andere auf offene Ohren stieß. Dabei fand Viktoria es völlig in Ordnung, wenn man nicht alles Feedback annahm. »Feedback ist wie ein Buffet: Man kann sich selbst aussuchen, wie viel man wovon nimmt – und auch, was man nicht (an)nimmt«, erklärte sie. Und so hielt Tania es fortan.

Hätte die fünfundzwanzigjährige Tania in die Zukunft schauen können und gesehen, dass sie im Alter von einunddreißig Jahren nicht selbst Chief Marketing Officer war, sondern lediglich ein kleines Team innerhalb der Marketingabteilung eines Unternehmens mit insgesamt nur gut vierhundert Mitarbeitern leiten würde, wäre sie von der einunddreißigjährigen Tania vermutlich ziemlich enttäuscht gewesen. Doch die einunddreißigjährige Tania war es nicht. Sie war glücklich! Ihr Leben war erfüllt! Bei Fair^Made war sie Teil von etwas ganz Besonderem – und sie war mit dem tollsten Mann der Welt zusammen. Was konnte man mehr wollen?

Nach fünfeinhalb Monaten bei Fair^Made gab Viktoria Tania offizielles Feedback. Viktoria lobte Tanias schnelle Einarbeitung und Kreativität, bewunderte ihre Leidenschaft für Fair^Mades Mission und teilte ihr mit, dass Tania die Probezeit selbstverständlich bestanden hatte und sie sich darauf freute, viele Jahre erfolgreich mit Tania zusammenzuarbeiten. Es war in der Tat keine Überraschung für Tania, sie hatte gespürt, dass es bei Fair^Made gut für sie lief. Dennoch war sie erleichtert und versuchte, Ben anzurufen, um ihm die freudige Nachricht mitzuteilen. Außerdem wollte sie ihm vorschlagen, zur Feier des Tages in das kleine Restaurant zu gehen, in das sie das erste Mal gemeinsam ausgegangen waren. Doch Ben ging auch beim wiederholten Anrufversuch nicht ans Telefon. Befremdet entschied Tania schließlich, ihm eine WhatsApp zu schicken.

Erst am späten Nachmittag erhielt sie seine Antwort. Er sei zu Hause, liege mit starkem Fieber im Bett und habe geschlafen, als sie versucht hatte, ihn anzurufen. Es täte ihm sehr leid.

Tania überlegte keine Sekunde. Ben war krank und brauchte sie möglicherweise. Sie verließ das Büro und war eine halbe Stunde später in der neuen gemeinsamen Wohnung. Was sie dort vorfand, war nicht das, was sie erwartet hatte. Es roch merkwürdig ... gut. Selbst im Wohnzimmer war es dunkel. Und als sie gerade das Licht einschalten wollte, wurde ein Streichholz entzündet, das schnell sechs Kerzen ansteckte. Im Lichtschein sah Tania Ben, der keineswegs krank aussah. Er sah blendend aus wie eh und je, und durch das spärliche Licht der Kerzen fühlte Tania sich an ihre erste Nacht erinnert, als ein Schleier nach dem anderen von Ben abgefallen war. Sie empfand ein angenehmes Kribbeln in der Magengrube, als er langsam lächelnd auf sie zukam und sie in den Arm nahm.

»Herzlichen Glückwunsch zur bestandenen Probezeit«, sagte Ben und küsste sie. »Zur Feier des Tages habe ich ein kleines Dîner bereitet.«

Wie hat er das nur gemacht?, fragte sich Tania, während sie leidenschaftlich seinen Kuss erwiderte.

Die Antwort auf diese Frage bekam Tania zum Dessert. Ben verschwand in der Küche und kehrte mit zwei Tellern zurück. Was sich auf den Tellern befand, wurde wie in sehr vornehmen Restaurants von silbernen Clochen verdeckt. Als er die Cloche über ihrem Teller hob, fielen Tania fast die Augen aus dem Kopf.

»Tania Antonia Martinez. Ich liebe dich seit dem ersten Augenblick, da ich dich sah. Ich war kein unglücklicher Mensch, bevor ich dich kannte, doch erst seit ich dich kenne, weiß ich, was wahres Glück ist. Und ich weiß, dass ich ohne dich nie mehr glücklich sein könnte. Willst du meine Frau werden?«

Das Bild des auf schwarzen Samt gebetteten Ringes vor Tanias Augen verschwamm, als sich ihre Augen mit Tränen füllten. Sie sprang auf, warf sich Ben in die Arme, schlang ihm die Arme um den Hals und küsste ihn, immer wieder, immer wieder, und zwischen den Küssen wiederholte sie immer wieder das eine kleine Wort aus zwei Buchstaben.

Später, nach dem echten Dessert, das Ben auch gemacht

hatte, saßen sie nur von einem weißen Laken bedeckt eng aneinander geschmiegt auf Tanias alter Couch, die es mit in die gemeinsame Wohnung geschafft hatte. Gebannt beobachtete Tania, wie der Diamant in dem Ring an ihrem linken Ringfinger das Licht der Kerzen in alle Farben des Spektrums brach.

»Der muss ein Vermögen wert sein«, flüsterte sie.

»Du bist mehr wert als alle Diamanten der Welt«, entgegnete ihr künftiger Ehemann.

Einleitung zum zweiten Teil

»Guten Tag. Spreche ich mit Tania Antonia Jung?«

»Ja?«

»Mein Name ist Messner vom Gesundheitsamt. Frau Jung, sind Sie Patientin bei Frau Dr. Carla Alt?«

»Ja?«

»Wann haben Sie Frau Dr. Alt das letzte Mal gesehen?«

»Letzten Mittwoch.«

»Frau Jung, wir müssen Sie bitten, sich einem Coronatest zu unterziehen. Frau Dr. Alt hat sich mit dem Coronavirus infiziert – mit an Sicherheit grenzender Wahrscheinlichkeit bereits bevor Sie sie das letzte Mal gesehen haben. Daher besteht die Möglichkeit, dass auch Sie sich bei ihr angesteckt haben. Haben Sie irgendwelche der üblichen Symptome? Fieber? Trockener Husten? Kurzatmigkeit?«

»N-nein, mir geht's gut ... glaube ich.«

»Sie sind ja auch noch jung, Frau Jung. Sie müssen dennoch einen Test machen.«

»Selbstverständlich. Soll mein Mann auch einen machen?«

»Ist er die einzige Person, mit der Sie in engerem Kontakt standen?«

»Ja, ich bin seit letzter Woche im Home-Office.«

»Gut. Bringen Sie Ihren Mann mit.«

»Sagen Sie, geht es Frau Dr. Alt gut?«

»Leider nicht. Sie liegt auf der Intensivstation.«

»Aber sie wird es doch ... überleben?«

(Pause)

»Schwer zu sagen. Ihr Zustand ist ... kompliziert.«

ZWEITER TEIL:
VOM SCHLEIFEN VON KIESELSTEINEN

Kieselsteine gibt es wie Sand am Meer. Und an Seen und Flüssen. Und *im* Meer, *in* Seen, *in* Flüssen und im Boden. Es gibt sogar riesige Kieswüsten. Irgendwo habe ich gelesen, dass die Sahara, die größte Wüste der Welt (zumindest im Jahr 2020, als ich dies schreibe), die die meisten von uns vermutlich mit unendlichem Sand assoziieren, auch zu einem kleinen Teil eine Kieswüste ist.

Kies ist durchaus nützlich. Wir nutzen Kies auf vielfältige Weise in der Bauindustrie. Kiesel wurden früher, also vor wirklich langer Zeit, auch zum Rechnen benutzt. Das lateinische Wort für Kiesel ist »calx«, der Diminutiv »calculus«, und daher kommen Wörter wie »kalkulieren« oder »Kalkül«.

Kiesel können auch sehr hübsch sein. Wer hat nicht als Kind (oder auch als Erwachsener) mal am Ufer eines Sees oder eines Flusses (oder vielleicht auch mit den Füßen im Wasser) nach hübschen Kieselsteinen gesucht, rote mit schwarzen Linien, schwarze mit weißen Linien oder graublaue, die so wunderbar rund sind, dass man fast auf den Gedanken kommen könnte, sie wären wertvoll.

Sind Kieselsteine im Allgemeinen aber nicht. Natürlich gibt es auch Kieselsteine nicht unbegrenzt – doch im Unterschied zu Diamanten sind ihre Vorkommen so reichlich und man kommt so leicht an sie heran, dass man den Eindruck gewinnen könnte, es gäbe unendlich viele.

Es gibt etliche weitere Unterschiede zwischen einem Kieselstein und einem Diamanten. Einer ist, dass ein Diamant, wie schon erwähnt, nur von einem anderen Diamanten geschliffen werden kann, wofür es, um es gut zu machen, hochqualifizierten Personals bedarf. Kieselsteine hingegen erhalten ihre Form, indem sie sich treiben lassen. In Flüssen und Bächen zum Beispiel werden sie vom Wasser rund geschliffen. Es passiert mit der Zeit und bedarf keines spezifischen Vorgehens.

KAPITEL 2.1

Ein halbes Jahr nach Bens romantischem Antrag heirateten sie. Es war einer der schönsten Tage in Tanias Leben. Da es heutzutage keineswegs selbstverständlich ist, sei erwähnt, dass Tania sich entschied, Bens Familiennamen anzunehmen. Dem aufmerksamen Leser – und natürlich auch der aufmerksamen Leserin – wird dies bereits im Prolog zum zweiten Teil aufgefallen sein. Fortan hieß sie also Tania Antonia Jung. Als sie Ben den Wunsch, seinen Familiennamen anzunehmen, mitgeteilt hatte, war er überrascht gewesen. Martinez sei doch schön. Tatsächlich hatte Tania nichts gegen ihren Mädchennamen. Doch eines Tages würden sie vielleicht Kinder haben. Und dann würde sich die Frage des Nachnamens wieder stellen, und Tania fand den Gedanken, dass ihre gemeinsamen Kinder einen anderen Familiennamen als einer ihrer Eltern tragen könnte, störend. Und von Doppelnamen hielt sie nichts. Diesen Grund hatte sie Ben jedoch nicht genannt. »Der Gedanke, in vielen Jahren auch als alte Frau noch Jung zu sein, gefällt mir«, hatte sie stattdessen erklärt – was noch romantischer klang.

Sie feierten ein großes Fest mit Freunden und Verwandten. Bei den Vorbereitungen lernten sie auch ihre jeweiligen Familien besser kennen. Tanias Eltern waren zwei Wochen zuvor aus Andalusien gekommen, um zu helfen, und Bens Eltern bestanden darauf, sie zu beherbergen, was – das überraschte Tania dann doch ziemlich – ausgesprochen harmonisch verlief. Weder ihre noch Bens Eltern waren sonderlich kompliziert, sodass einem harmonischen Kennenlernen eigentlich nichts im Wege stand, doch Hochzeiten sind emotionale Momente, es soll schon vorgekommen sein, dass sich

Menschen bei derartigen Gelegenheiten wegen Kleinigkeiten in die Haare gekriegt haben. Wie gesagt geschah dies nicht – umso besser.

Auch die Feier selbst gehörte zu den gelungeneren; niemand fühlte sich bemüßigt, einen peinlichen Vortrag zu halten, unter Tränen der Rührung irgendwelche verstaubten Familienerbstücke an Tania und Ben weiterzureichen oder plump darauf hinzuweisen, dass es nun doch wohl bald Zeit für ein paar süße kleine Enkelkinder sei. Tanias Vater hatte sein Deutsch wieder aufpoliert und sprach im Wechsel mit Tanias Mutter ein paar wunderschöne Worte, Bens Eltern standen dem in nichts nach, und Bens bester Freund und Trauzeuge schenkte Ben einen handgefertigten Würfel der ganz besonderen Art – offenbar war Bens Marotte, immer einen Würfel in der Tasche zu haben, bekannt. Der Würfel hatte eine Kantenlänge von etwa drei Zentimetern, passte also in die Tasche einer nicht allzu engen Hose. Als Eins gab es ein rundes Foto von Bens Kopf. Es gab nur eine Eins, was logisch erscheinen mag, jedoch nicht selbstverständlich war, denn es gab zwei Seiten mit einer Zwei, bei der die Augen des Würfels aus je einem Foto von Ben und einem von Tania gebildet wurden. Also eine Seite mit einer Eins, zwei Seiten mit je einer Zwei – wer nun erwartete, dass die verbleibenden drei Seiten eine Drei aufwiesen, was man ja durchaus konsequent hätte finden können, der täuschte sich. Wie bei einem herkömmlichen Würfel zeigte die der Eins gegenüberliegende Seite eine ganz normale Sechs, also sechs Punkte, die auch nicht wirklich Punkte waren, sondern sanfte Aushöhlungen, die in das Holz des Würfels gebrannt worden waren, und schließlich gab es zwei vollkommen blanke Seiten. Da war buchstäblich nichts, nur glatte quadratische Fläche. Tania fragte sich, ob die Schnitzarbeit einfach nicht rechtzeitig fertig geworden war, doch zumindest laut Bens Freund war dies nicht der Grund.

»Die Sechs symbolisiert Glück im Spiel«, erklärte er. »Die aus euch zweien bestehenden Zweien bedeuten Glück in der Liebe. Nur die Eins symbolisiert Pech – zumindest kenne ich kaum Würfelspiele, bei denen ich gern Einsen werfe. Du glaubst ja an so was, und ich fand, das ein kleines bisschen Pech hin und wieder durchaus nützlich sein kann, damit ihr nicht verlernt, das Glück, von dem ich euch mindestens dreimal so viel wünsche, zu schätzen.«

»Und die zwei blanken Seiten?«, fragte Ben erwartungsgemäß.

»Die blanken Seiten symbolisieren das Ungewisse. Abenteuer, neue Erfahrungen, von denen ich euch viele wünsche. Es wäre doch langweilig, wenn alles in eurem Leben bereits vorgezeichnet wäre.«

Es war eine Erklärung, die Tania gefiel und zutreffend war, denn das nächste große gemeinsame Abenteuer wartete schon: Unmittelbar nach der Hochzeit gingen sie einen Monat lang auf Hochzeitsreise nach Brasilien, dem Land, von dem Ben Tania immer wieder vorgeschwärmt hatte.

Tania hatte ein schlechtes Gewissen ihrem neuen Arbeitgeber gegenüber gehabt, doch Viktoria König hatte darauf bestanden, dass Tania sich diese Zeit nahm.

»Du wirst uns fehlen, aber einen Monat kommen wir ohne dich klar«, versicherte sie Tania. »Man heiratet schließlich nicht alle Tage. Komm gesund und voller Inspiration wieder!«

Auch die Riege der alten Herren in Tanias altem Medienunternehmen unterstütze das Projekt, und Ben versprach ihnen, dass er hin und wieder in seine E-Mails gucken würde.

Kapitel 2.2

Ihre Erlebnisse während der Hochzeitsreise könnten ein ziemlich dickes Buch füllen, das in seinem Genre nicht klar bestimmbar wäre. Es wäre eine seltsame Mischung aus Reiseführer, Abenteuerroman und natürlich Liebesgeschichte. Die Details gehören nicht hierhin. Daher sei nur gesagt, dass sie an Traumstränden badeten und relaxten, Dörfer und Städte besichtigten, die vielseitige Natur erkundeten und jeden Tag frische Mango aßen.

Als sie schließlich die Heimreise antraten, war Tania gebräunt wie eine Brasilianerin, ihre Haut wies nur die weißen Abdrücke eines winzigen Copacabana-Bikinis auf und dadurch, dass sie viel gelaufen und geschwommen waren, war sie auch körperlich in der Form ihres Lebens. Tania hatte sich ihr Leben lang noch nie hässlich gefühlt, doch jetzt fühlte sie sich so schön wie nie zuvor, was auch daran liegen mochte, dass Ben ihr tagtäglich zeigte, wie begehrenswert sie war.

KAPITEL 2.3

Trotzdem war Tania auch froh, wieder in ihr normales Leben zurückzukehren. Die Arbeit hatte ihr gefehlt, und nach einem Monat in den Tropen und Subtropen war sie nicht unglücklich, wieder in Deutschland zu sein. Bei Fair^Made gab es eine Handvoll neuer Kollegen, und das Online-Marketing-Team hatte eine neue Marketingkampagne entworfen, die darauf wartete, von Tania validiert zu werden. Mit Feuereifer stürzte Tania sich in die Arbeit. Sie zeigte auf ihrem Smartphone Fotos von Brasilien, erzählte von ihren Erlebnissen und erntete den Neid einiger KollegInnen – wobei ihr niemand ihr Glück nicht gönnte.

Auch Ben widmete sich wieder voll und ganz seiner Arbeit. Selbst in dem Medienunternehmen war die Zeit nicht stehengeblieben.

Sie arbeiteten tagsüber, erfreuten sich daran, einander abends wiederzusehen, sie gingen aus, trafen sich mit Freunden und liebten sich regelmäßig, wenn auch das brasilianische Pensum unerreichbar blieb.

Das Leben war schön, die Zeit verging.

Tania verlor ihre Brasilienbräune und nahm wieder ein halbes Kilo zu. Vor der Hochzeitsreise hatte sie eine Zeit lang weniger Sport gemacht, weil sie jede freie Minute mit Ben verbringen wollte. Jetzt nahm sie den Sport wieder auf. Sie ging regelmäßig joggen und machte Yoga. Auch Ben hielt sich in Form, ging mit Freunden ins Fitness-Studio oder mit Tania ins Schwimmbad.

Es war ein schönes sorgloses Leben, auch wenn es nicht so aufregend war wie vor der Hochzeit und unmittelbar danach in Brasilien.

Die Intensität ihres Liebesspiels nahm mit der Zeit ab. Ben arbeitete härter, Tania auch. Fair^Made, das hatte sich inzwischen gezeigt, war ein fantastisches Unternehmen für Tania. Sie war begeistert von dem, was bei Fair^Made Tag für Tag passierte. Sie liebte die Einstellung der KollegInnen. Sie kam hervorragend mit ihrer jungen Chefin aus und genoss es, Teil von etwas zu sein, an das sie leidenschaftlich glaubte. Fair^Made, das war die Geschichte, in der Tania in dieser Phase ihres Lebens eine Rolle spielen wollte. Fair^Made wollte die Welt ein kleines bisschen besser machen und sie nicht zerstören. »Weil wir es unseren Kindern schuldig sind«, wiederholte Unternehmensgründerin Lena Persson immer wieder. Kein ganz neues Mantra, aber ein gutes. Dabei hatte Lena Persson, die sich bereits jenseits der Vierzig befinden musste, gar keine Kinder.

Tania auch nicht. Wie es wohl wäre, mit Ben Kinder zu haben? Bei dem Gedanken musste Tania an Julius, den Kinderarzt, mit dem sie vier Monate zusammen gewesen war, denken. Er hatte auch ihr gegenüber kein Geheimnis daraus gemacht, dass er schon nach zwei Monaten mit Tania bereit für gemeinsamen Nachwuchs gewesen war. Tania nicht. Doch das war lange her. Sie war reifer geworden. Und Ben war nicht Julius. Ben war der Mann ihrer Träume, ihr Ehemann. Ben war der Richtige – auch für gemeinsame Kinder. Es war merkwürdig, fand Tania, dass das bisher nie ein Thema zwischen ihnen gewesen war. Doch je mehr sie darüber nachdachte, desto mehr wurde Tania klar, dass es das war, was sie wollte, was ihr im Leben fehlte.

Als sie am nächsten Wochenende gemeinsam auf Tanias alter Couch saßen, Tania mit einem Agatha Christie-Krimi, Ben mit seinem Computer, auf dem er eine Präsentation für die Riege der alten Herren vorbereitete, schätzte Tania die Gelegenheit günstig ein. Ohne ihr Buch zur Seite zur legen, fuhr sie mit ihrem nackten Fuß über Bens Bein. Er lächelte, ohne von seinem Computer aufzusehen.

»Ich frage mich ...«, begann Tania. »Wenn wir Kinder hätten, würden sie wohl so gut aussehend werden wie du?«

Mit einem Ruck sah Ben von seinem Computer auf und Tania an.

»Bist du schwanger?«, fragte er, und seine Augen glitzerten. Ein gutes Zeichen, das wusste Tania genau.

Tania schüttelte den Kopf. Sie legte ihr Buch weg und kroch näher an Ben heran.

»Aber ich wäre es gern«, raunte sie ihm zu.

Er schlug den Laptop zu, schob ihn zur Seite und zog Tania näher zu sich heran. »Meinst du das ernst oder willst du mich nur zum Sex nötigen?«

»Ich meine es ernst.«

»Oh, Tania!«, rief er aus. »Ich dachte nicht, dass du schon bereit wärst! Lass uns sofort anfangen!«

Tania lachte.

Er liebte sie sehr sanft und leidenschaftlich an diesem Abend. Ein neues Gefühl des Glücks erfüllte Tania, denn sie stellte sich vor, schwanger zu sein.

War sie nicht. Das war auch nicht zu erwarten gewesen, denn sie nahm die Pille – und setzte sie unverzüglich ab.

Dass sie nicht sofort schwanger wurde, hatte sein Gutes, denn Ben nahm seine Aufgabe als zukünftiger Vater sehr ernst. Er kam früher nach Hause und wollte fast jeden Tag mit Tania schlafen. Es war wie zu Beginn ihrer Beziehung.

Doch auch sechs Monate später bekam Tania noch ihre Periode, und die Schwangerschaftstests, die sie machte, sobald sie ihr Tage mal einen Tag später als erwartet bekam, blieben negativ.

»Wir dürfen uns nicht stressen«, sagte Ben, der zwei gute Freunde hatte, bei denen es mehr als zwei Jahre gedauert hatte.

Und doch begannen sie, genau das zu tun. Die Zeit verstrich, und Tania setzte sich selbst zunehmend unter Druck, wollte unbedingt, dass es endlich klappte. Hinzu kam, dass sie beide im Büro viel zu tun hatten. Es waren aufregende Zeiten bei Fair^Made, und die Riege der alten Herren hatte Ben eine Gehaltserhöhung um zwanzig Prozent in Aussicht gestellt, wenn er ein wichtiges Projekt in einer fast unmöglich kurzen Zeit abschloss. Sie begannen, sich häufiger zu streiten. Wenn Ben zu spät von der Arbeit kam, warf Tania ihm vor, eine einmalige Chance verpasst zu haben, denn jetzt sei sie zu müde und außerdem genervt. Wenn Tania zu spät aus dem Büro kam – was genauso häufig vorkam –, fragte Ben sie, ob sie sich sicher sei, ihre Prioritäten richtig zu setzen. Es galt schließlich ein Kind zu zeugen. Er solle sich nicht so anstellen, antwortete Tania dann, früher hätten sie doch auch die ganze Nacht gevögelt.

Doch das war eben früher gewesen. Früher, als sie nicht genug voneinander hatten kriegen können. Eigentlich war es noch gar nicht so lange her, doch die Zeiten hatten sich geändert.

Einmal, als sie sich beide eigentlich zu müde fühlten, sich jedoch zumindest nicht gestritten hatten, probierten sie es, weil Tania meinte, es sei, biologisch gesehen, der ideale Zeitpunkt. Tania mühte sich ab, um Bens Schwanz, den sie früher nur selten *nicht* im erigierten Zustand gesehen hatte, in Form zu bringen. Es war ein hartes Stück Arbeit. Als es endlich so weit war, drehte sie sich auf alle Viere und streckte Ben ihren hübschen Hintern entgegen. Wenn er sie von hinten nahm, wie er es so liebte, würde er bald kommen – und nur darauf kam es an. Tania spürte, wie Ben in sie eindrang, und stöhnte vielleicht etwas übertreiben lustvoll. Gleich darauf begann er, wie wild drauf loszurammeln. Er stieß immer heftiger zu, seine Lenden klatschten gegen ihre Pobacken, Tania stöhnte lauter und lauter, nicht etwa, weil sie solche Lust verspürte, nein, sondern weil sie wusste, dass es Ben antörnte, wenn sie vor Lust schrie. Irgendwann hörte er schwer atmend auf. Er zog seinen Schwanz nicht sofort aus ihr, doch Tania fühlte, dass er nicht mehr hart war.

Sie hatten es nicht geschafft. Es war die vielleicht schmerzhafteste Niederlage, die Tania in ihrem Leben widerfahren war, weil sie genau wusste, dass es einzig und allein an ihnen lag, ihr und Ben. Es war nicht möglich, jemandem anders die Schuld zu geben.

Zwei Wochen lang redeten sie nicht darüber. Sie übten sich in höflicher Distanziertheit, gaben sich Küsschen, wenn sie morgens ins Büro gingen und sich abends wiedersahen. Tania begann, im Nachthemd zu schlafen, während sie, seit sie Ben kannte, nachts sonst nie irgendetwas getragen hatte.

Als sie nach zwei Wochen wieder miteinander schliefen, war es schön, keine Frage, doch es war nicht wie vorher. Zumindest sagte sich Tania das in ihrem Kopf, obwohl Ben sein übliches Stehvermögen wiedergefunden hatte und eine beachtliche Ladung Samen in sie hineinspritzte. Das Timing war günstig, und doch wusste Tania, dass auch ihr nächster Schwangerschaftstest negativ ausfallen würde. Sie behielt recht.

Kapitel 2.4

Ben wurde befördert und sein Verantwortungsbereich auf ganz Europa ausgeweitet. Tania war glücklich für ihn, sie wusste mehr als jede(r) andere, dass er es verdient hatte, doch die neuen Aufgaben hatten einen bitteren Beigeschmack. Ben arbeitete mehr und begann, aus beruflichen Gründen zu reisen. Eine Woche pro Monat war er in Frankreich, Spanien, Italien oder Polen unterwegs. Und wie es der Zufall so wollte, war Tanias Lust auf ihn immer dann am größten, wenn er nicht da war. Sie fing an, die Riege der alten Herren heimlich zu verfluchen, und flüchtete sich ihrerseits in die Arbeit.

Wann immer Ben von einer seiner Reisen nach Hause kam, fielen sie wie früher übereinander her, konnten es kaum erwarten. Doch sobald sie es einmal miteinander getrieben hatten, das körperliche Bedürfnis befriedigt war, widmeten sie sich anderen Dingen.

In ihrer Freizeit verbrachten sie mehr Zeit mit Freunden und weniger Zeit zu zweit, mehr Zeit in Restaurants und weniger Zeit zu Hause. Sie begannen, einen größeren Teil der Freizeit getrennt voneinander zu verbringen. Oft unter dem Vorwand, im Büro zu tun zu haben. Natürlich gab es dort auch immer irgendetwas zu tun. Viktoria König war eindeutig eine Workaholic, die das Büro nur selten vor 21 Uhr verließ und, das wusste Tania aus ihren E-Mails, meist abends von zu Hause erneut aktiv wurde.

»Ich bin ein schlechtes Vorbild«, sagte Viktoria eines Abends zu Tania. »Du bist in letzter Zeit auch immer sehr lange hier. Bitte denk nicht, ich würde das erwarten! Im Gegenteil! Eine gute Work-Life-Balance ist Fair^Made sehr wichtig! Es wäre nicht sehr glaubwürdig, wenn wir uns das Thema Nachhaltigkeit groß auf die Fahnen schreiben, unsere Mitarbeiter aber nach ein, zwei Jahren einen Burnout kriegen, weil sie zu viel arbeiten. Das wäre nun wirklich nicht nachhaltig! Ich sollte eigentlich mit gutem Beispiel vorangehen, ich habe nur so viel zu tun!«

»Es ist nett, dass du das sagst«, erwiderte Tania. »Aber da besteht keine Gefahr für mich. Ich bin so froh, hier zu arbeiten!«

Das entsprach der Wahrheit. Sie *war* froh. Fair^Made und seine Vision gaben Tanias Leben einen Sinn. Es war das Einzige, das ihrem Leben einen Sinn gab. Wenn Tania einen Burnout erlitt, dann lag es nicht an Fair^Made.

»Ich glaube«, sagte Tania, »du brauchst eine Assistentin – oder einen Assistenten. Jemanden, der dir all die Arbeit abnimmt, die nicht unbedingt deine Expertise erfordert. Du bist die Einzige im Executive Leadership Team, die keine Assistenz hat.«

»Darüber habe ich auch schon nachgedacht«, antwortete Viktoria dankbar. »Ich glaube, du hast recht. Ich werde mal mit Lenas Assistenten Flavio und Patricks Assistentin Anna reden.«

Kurz darauf entschied Viktoria, eine neue Stelle in ihrem Team zu kreieren, die Stelle eines *Executive Assistant*. Im Sommer 2019 wurde sie fündig. Viktoria stellte eine Frau ein, die ganz und gar nicht dem Profil der typischen Fair^Made-Kollegin entsprach, aber vielleicht gerade deswegen besonders gut zu Viktoria passte. Tania ging einmal mit der neuen Assistentin und ein paar anderen Marketing-Kollegen zu Mittag essen und hielt sich fortan fern von ihr. Die Neue machte durchaus einen sympathischen Eindruck, doch Tania konnte ihre Gesellschaft nicht ertragen, was einzig und allein an ihr, Tania, lag, wie sie sich eingestand. Die Neue redete nicht viel über sich selbst. Es schien sogar, als vermeide sie es bewusst, über sich zu reden. Deswegen taten es alle anderen. Es wurde wild spekuliert, wie sie es wohl durch den Bewerbungsprozess geschafft haben mochte. Die Frau war vierzig, gut zehn Jahre älter als Viktoria König zu diesem Zeitpunkt, man war sich ziemlich sicher, dass sie alleinerziehend war und drei kleine Kinder hatte, man munkelte auch, dass sie nicht einmal über ein abgeschlossenes Studium verfügte. Dieser letzte Punkt störte Tania nicht. Doch diese Frau, die mehr Kinder in die Welt gesetzt hatte, als das gesamte restliche Marketing-Team zusammen, erregte Tanias Neid. Wieso durfte die drei Kinder haben und sie nicht einmal eins? Es war so unfair!

Natürlich wusste Tania, dass sie der Neuen keinen Vorwurf machen konnte. Sie ahnte auch, dass es wohl kein ganz einfaches Leben sein konnte, wenn man alleinerziehend war, drei Kinder hatte *und* in Vollzeit arbeitete. Doch aus Selbstschutz mied Tania die Neue fortan so gut es ging.

Im Spätsommer buchte Ben spontan für ein verlängertes Wochenende ein Fünf-Sterne-Hotel an der Ostsee. »Vielleicht brauchen wir einfach etwas Luftveränderung, sagte er. »Dann wird es bestimmt klappen.«

Die Idee war gut, das erkannte Tania. Sie würde sich anstrengen. Das Timing des besagten Wochenendes war nicht ganz ideal, doch es war OK. In den drei Wochen davor schliefen sie nicht miteinander – ganz bewusst, um ausgehungert in dem Liebesnest anzukommen.

Es war ein schönes Hotel mit luxuriösem Spa und Saunabereich. Das Frühstück war reichhaltig, ihr Zimmer eines Fünf-Sterne-Hotels würdig. Das Bett war groß und gemütlich. Der Sex war so gut wie schon lange nicht mehr. Fünfmal trieben sie es innerhalb von drei Tagen miteinander und achteten darauf, dass kein Tropfen Sperma nicht dahin gelangte, wo er hingehörte. In den Pausen ließen sie es sich gut gehen, machten Spaziergänge und gingen in den Wellnessbereich.

»Meinst du, es hat geklappt?«, fragte Ben Tania, als sie am Sonntagnachmittag auf der Heimreise waren.

Tania zögerte. Dann nickte sie. Doch tief in ihr blieb der Zweifel.

KAPITEL 2.5

»Wir haben ein Problem«, stellte Ben fest, als sie nach ihrer Rückreise gemeinsam den Streifen des Schwangerschaftstests inspizierten.

»Entweder es liegt an mir oder an dir oder an uns beiden«, analysierte er weiter, und Tania fragte sich, wie er das so nüchtern konnte. Während sie am Boden zerstört war, obwohl sie es geahnt hatte, schien ihm dieser erneute Rückschlag kaum etwas auszumachen.

»Ich denke, wir sollten einen Arzt aufsuchen«, fuhr Ben sachlich fort. »Dann haben wir zumindest Gewissheit.«

Ja, dachte Tania, doch Gewissheit war genau das, wovor sie am meisten Angst hatte. Sie hatte sich seit ihrer Hochzeit mit dem Gedanken angefreundet, dass sie in ihrer Karriere nie ein geschliffener Diamant sein würde. Sie hatte sich eingeredet, es sei OK, ein hübscher nicht allzu mickriger Kieselstein zu sein, solange sie für Ben ein Diamant war. Als Ehefrau und als Mutter ihrer gemeinsamen Kinder. Sie hatte sich auf die Mutterrolle gefreut. Doch inzwischen glaubte sie nicht mehr daran, dass daraus jemals etwas werden würde.

»Was meinst du?«, riss Ben sie aus ihren düsteren Gedanken.

»Ich glaube, du hast recht«, erwiderte Tania leise. Er *hatte* recht. Da sie sowieso bereits aufgehört hatte, daran zu glauben, war es rational gesehen besser, Gewissheit zu haben, als möglicherweise Jahre lang mit zermürbenden Zweifeln zu leben. So könnten sie zumindest frühzeitig einen Kinderwunscharzt aufsuchen. Doch Tania tat sich schwer damit, dieser Logik nachzugeben.

Wenn Ben ihre Angst vor der Gewissheit teilte, so zeigte er es nicht. Zwei Wochen später hatte er einen Laborbefund, der ihm ein Sperma ausgezeichneter Qualität bezeugte. Tania war erleichtert und bedrückt zugleich. Wenn es nicht an Ben lag, musste es an ihr liegen. Der Gedanke, dass es an einem von ihnen liegen konnte, war natürlich nicht neu. Wenn Ben in den letzten Monaten auf Dienstreisen gewesen war und Tania allein zu Hause auf der Couch gesessen hatte, hatte sie sich manchmal gefragt, was sie wohl schlimmer finden würde: Wenn es an Ben lag oder an ihr? Sie hatte diese Frage nie beantworten können. Einerseits liebte sie Ben. Und ihre Liebe zu ihm ging weiterhin so weit, dass sie gern die Schuld auf sich genommen hätte, wenn sie hätte wählen können. Andererseits war sie nicht sicher, ob sie sich selbst noch für gut genug für Ben halten würde, wenn der mangelnde Erfolg bei der Nachwuchszeugung an ihr lag. Wie hätte sie dann noch Bens Diamant sein können?

Es war an ihr, ebenfalls einen Arzt aufzusuchen. Sie schob die Sache vor sich her, und Ben drängte sie nicht. Irgendwann nahm sie sich ein Herz.

Das Ergebnis war, dass auch mit ihr alles in bester Ordnung war. Die Ärztin fand, dass Tania für ihr Alter sogar ausgesprochen fruchtbar war, und vermutete, dass das an Tanias gesundem Lebensstil lag.

Als sie Ben von dem Ergebnis berichtete, spürte sie zum ersten Mal auch bei ihm die enorme Erleichterung. Sie erkannte, dass er die gleichen Ängste wie sie gehabt hatte, sie nur in den letzten Monaten für sich behalten hatte. Tania wusste, dass er sie nicht hatte belasten wollen, doch sie war sich nicht sicher, ob sie es nicht vorgezogen hätte zu wissen, was in ihm vorging.

Da das Problem fortbestand, ging Tania erneut zu einem Arzt, der ihr nicht helfen konnte. Sie suchte einen weiteren Arzt auf, der meinte, sie könne ein psychisches Problem haben, und ihr daher die Psychotherapeutin Frau Dr. Carla Alt empfahl.

Bei ihrer ersten Sitzung hatte Tania erst Schwierigkeiten, sich zu öffnen. Doch bald schon erzählte sie Frau Dr. Alt alles. Sie erzählte von Ben, ihrem Traummann, sie erzählte von Fair^Made, ihren vorherigen beruflichen Erfahrungen und dem Wandel, den sie durchlaufen hatte. Irgendwann einmal hatte sie sich für etwas Besonderes gehalten, hatte selbstbewusst die Bühne der Welt betreten, jetzt jedoch jegliches Selbstbewusstsein verloren, weil sie selbst an der grundlegendsten menschlichen Aufgabe scheiterte. Während Milliarden Frauen auf der Welt mehr Kinder in die Welt setzten, als oft gut für sie war, gelang Tania dies nicht. Sie war nicht nur kein Diamant. Sie war noch nicht einmal ein würdiger Kieselstein. Anders ließ sich das nicht erklären.

Frau Dr. Alt wusste diese bedrückenden Gedanken zu zerstreuen. Dabei versuchte sie keineswegs, Tania ihre Sorgen zu nehmen oder sie kleinzureden. Oh, nein! Sie widersprach Tania nicht. Stattdessen zeigte sie Verständnis und öffnete Tania sanft die Augen dafür, dass sie keineswegs allein mit ihren Sorgen war. Es war ganz normal. *Sie* war ganz normal. Das löste Tanias Probleme nicht, doch es machte sie sehr viel erträglicher. Tania war so dankbar! Wann immer sie die Praxis der Psychologin verließ, fühlte sie sich besser.

Dummerweise holten ihre Sorgen sie zwischen den Sitzungen immer wieder ein, und Tania sehnte sich danach, Frau Dr. Alt wiederzusehen. Die Therapeutin war für Tania wie eine Schmerztablette, die zwar die Schmerzen vorübergehend lindert, jedoch keine heilende Wirkung hat. Wie eine Droge, die dafür sorgt, dass man sich vorübergehend besser fühlt, nur um irgendwann nach einer neuen Dosis zu lechzen.

Es war interessant, dass Tania, die doch eine Expertin für schöne Geschichten war, nicht erkannte, dass auch Frau Dr. Alt im Story-Telling-Business tätig war. Möglicherweise lag das daran, dass die Psychologin eine ganz andere Art des Story-Tellings betrieb. Sie erzählte selbst keine Geschichten. Ihr Ansatz war viel genialer: Sie ließ Tania den Großteil der

Arbeit machen. Tania erzählte die Geschichte. Damit war sie automatisch die Protagonistin. Frau Dr. Alt hörte zu und steuerte hin und wieder ein paar beruhigende Einwürfe bei, die die Geschichte weniger tragisch, mehr alltäglich machten. Eigentlich könnte man sagen, ihre Beiträge machten die Geschichte weniger spannend, weniger emotional. Es ist schon witzig, dass das, was sich bei den meisten Geschichten negativ auf den Unterhaltungswert ausgewirkt hätte, in diesem Fall ein wichtiger Erfolgsfaktor war. Für Frau Dr. Alt zumindest. Man könnte sagen, sie wandelte Tanias Geschichte in eine Serie mit möglichst vielen Teilen um. Eine sehr erfolgreiche Strategie heutzutage, schließlich will man, dass die Kunden – und Kundinnen – wiederkommen, möglichst sogar süchtig nach dem Produkt oder Service werden, das oder den man anbietet.

Und Frau Dr. Alt war ein erfahrener Profi. Sie wusste ganz genau, wie dieses Spiel funktionierte.

Dumm nur, dass jetzt dieses verflixte Virus dazwischengekommen war und sie auf der Intensivstation lag. Für Frau Dr. Alt zumindest.

Einleitung zum dritten Teil

Gedankenverloren starrte Tania auf die Häuserfront auf der anderen Seite der Straße. Sie hatte lange auf ihrer Couch gesessen und nichts Besonderes gemacht. So lange, dass es inzwischen dunkel geworden war.

Die Straße war leer, wie so oft in diesen Zeiten. Nur ein Liebespaar schlenderte auf dem Bürgersteig entlang. Tania beobachtete abwesend, wie der Schatten der zwei Personen kleiner wurde, während sie auf eine der Straßenlaternen zuschritten. Genau unter der Laterne, als der Schatten auf ein Minimum geschrumpft war, blieben sie stehen, küssten sich ausgiebig und setzten dann ihren Weg fort, weg von der Laterne, sodass der Schatten in die andere Richtung zu wachsen begann.

Die meisten Fenster der gegenüberliegenden Häuserfront waren dunkel. In einem erahnte Tania hinter einer Gardine das Flimmern eines Fernsehgerätes, in einem anderen erkannte sie eine alte Frau, die mit irgendetwas beschäftigt schien. Tania konnte nicht genau erkennen, was sie dort tat, dafür war die Entfernung zu groß. Sie stellte sich vor, dass die alte Frau sich in ihrer Küche über die Spüle beugte und den Abwasch machte, während ihr Ehemann sich nach dem Abendessen vor den Fernseher gesetzt hatte. Mit einer Flasche Bier vielleicht.

Sie, Tania, hatte kein Abendessen abgeräumt. *Ihr* Ehemann saß auch nicht mit einer Flasche Bier – oder in Bens Fall wohl eher einem Glas Wein – vor dem Fernseher. Ben war immer noch im Büro – trotz des Lockdowns.

Mit einem Mal wurde auf der anderen Seite ein Fenster erleuchtet, das bisher in Dunkelheit gelegen hatte. Obwohl es günstig gelegen war, war auch zu diesem Fenster die Entfernung zu groß, um jedes Detail dessen zu erkennen, was dort vor sich ging. Doch was sie nicht sah, fügte Tania in ihrer Fantasie hinzu. Sie hatte diese Leute noch nie gesehen; allerdings hatte sie ihrer Nachbarschaft bisher auch keine besondere Aufmerksamkeit geschenkt. Aufgrund der Entfernung waren die beiden da auf der anderen Seite gesichtslos, doch es handelte sich eindeutig um eine Frau und einen Mann. Jünger als sie und Ben, vermutete Tania, auch wenn sie da nicht sicher sein konnte. Vielleicht war es mehr das Verhalten der zwei, dass sie darauf schließen ließ. Sie hielten sich in einem Kuss eng umschlungen. Die Hand des Mannes fuhr den Rücken der Frau hinab, bis sie auf ihrem Gesäß zu ruhen kam. Ihrer eigenen Unsichtbarkeit bewusst, da sie in einem dunklen Zimmer stand, trat Tania näher ans Fenster, um besser sehen zu können. Die Frau öffnete das Hemd des Mannes und streichelte seine Brust, während sie sich erneut küssten. Und dann küsste sie seine Brust, ging in die Hocke, küsste seinen Bauch, ging vor ihm auf die Knie und blickte zu ihm auf, während sie begann, sich an seinem Gürtel zu schaffen zu machen.

Auch wenn Tania die Gesichter nicht erkennen konnte – vor ihrem *inneren* Auge waren die zwei Fremden nicht gesichtslos. Der Mann, dessen Geschlechtsteil da soeben entblößt worden war, war Ben und die Frau, die da vor ihm kniete, war sie selbst. Eine jüngere Version von ihr.

Schließlich richtete sich die Frau wieder auf, entfernte sich ein paar Schritte und entschwand so Tanias Blickfeld.

Sie wird das Licht ausmachen, erkannte Tania nicht ohne Bedauern.

Doch das Licht blieb angeschaltet. Als die Frau wieder ins Bild trat, war sie genauso nackt wie der Mann, der auf sie zutrat, sie gierig küsste und sie schließlich umdrehte, sodass er, hinter ihr stehend, ihre Brüste massieren konnte.

Atemlos sah Tania weiter zu, unfähig, sich abzuwenden, und Lust und Sehnsucht durchfuhren sie.

Seit einigen Wochen gab es im Hinblick auf Paare zwei Corona-Theorien. Die eine besagte, dass es coronabedingt zu einer Welle an Ehescheidungen und Trennungen kommen würde, weil die unüblich viele gemeinsame Zeit im Lockdown den Leuten die Augen dafür öffnete, mit wem sie da zusammenlebten. In Wuhan war das angeblich schon eine Realität. Die andere Theorie prophezeite eine Unmenge an Corona-Babys, weil den Leuten vor lauter Langeweile nichts Besseres einfiel, als ständig Sex zu haben.

Die beiden da drüben schienen in die zweite dieser Gruppen zu fallen.

Schön für sie, dachte Tania voll Bitterkeit.

DRITTER TEIL:
CORONAVIRUS

Coronavirus ist ein römischer Wagenlenker, der in ihrem im Jahr 2017 erschienenen siebenunddreißigsten Abenteuer gegen den mutigen gallischen Wagenlenker Obelix und seinen Beifahrer Asterix (und zahlreiche andere Teams) antritt. Über zahlreiche Etappen führt das Rennen nicht nur die Helden Asterix und Obelix, sondern auch Coronavirus vom Norden Italiens in den Süden. Dabei tritt Coronavirus mit einer Maske auf, sodass seine Identität vorerst ein Geheimnis bleibt. Lange Zeit macht Coronavirus das Rennen; er scheint unschlagbar für die anderen Gespanne. Das liegt auch daran, dass sein Mitfahrer Bacillus mit den Veranstaltern unter einer Decke steckt, das Gespann von Coronavirus und Bacillus jede Nacht heimlich frische Pferde bekommt, während die anderen Gespanne das gesamte Rennen mit denselben Pferden bestreiten müssen, und auch auf andere Weise zugunsten von Coronavirus gemogelt wird. So geht es, bis die zwei Gallier die Intrigen aufdecken und Coronavirus sich nur als Werkzeug der Herrschenden herausstellt. Eigentlich ist er ein willensschwacher Wagenlenker aus Sizilien mit dem Namen Testus Sterone. Er gibt das Rennen auf, und die anderen Gespanne feiern zusammen eine Art Freundschaft unter Konkurrierenden und geloben, dass am Ende das beste Gespann gewinnen möge – wobei es eigentlich nur ein Gewinnerteam geben kann – doch die Geschichte hält noch eine Überraschung bereit.

Um hier unter den vermutlich mehrheitlich deutschsprachigen Leserinnen und Lesern keine Verwirrung zu stiften, sei erwähnt, dass der römische Wagenlenker, der nach dem Willen der Organisatoren des Rennens gewinnen soll, in der deutschen Übersetzung (anders als in der französischen Originalfassung oder auch der englischen Version) *nicht* Coronavirus heißt, sondern Caligarius (auch der Name des Beifahrers wurde angepasst).

Bekannter als Coronavirus, der 2017 aufgetretene Wagenlenker, ist inzwischen das Coronavirus Sars-Cov-2, das offenbar irgendwann 2019 vom Tier auf den Menschen übersprang und ab 2020 die Welt und viele Leben, so darf man das wohl sagen, veränderte.

KAPITEL 3.1

Die Bilder von Coronatests, bei denen das medizinische Personal einen Rachenabstrich nimmt, der dann im Labor auf das Virus SARS-CoV-2 analysiert wird, haben wir alle zur Genüge gesehen, der ein oder andere von uns hat gewiss die Erfahrung eines solchen Tests selbst gemacht. So erging es auch Tania und Ben, als sie sich nach dem Anruf des Gesundheitsamts, der Tania über die Erkrankung von Frau Dr. Alt informiert hatte, zu einer Teststation begaben, wo sehr professionell darauf geachtet wurde, dass auch ja niemand der potenziell Infizierten in Kontakt mit anderen kamen.

Zwei Tage später bekamen sie den Befund. Er war negativ für Ben und ebenso negativ für Tania. Sie waren erleichtert. Die Ungewissheit in diesen ersten Tagen war so groß, dass selbst der souveräne Ben begonnen hatte, einer gewissen Sorge Ausdruck zu verleihen. Sie achteten penibel auf die Einhaltung von Abständen und Hygieneregeln und selbst zu Hause hielten sie die Hust- und Niesetikette ein. Ben ging früh morgens in den Supermarkt, um möglichst wenigen anderen Kunden zu begegnen, und sie bauten ein paar Reserven an Grundnahrungsmitteln auf.

Tania rief regelmäßig bei ihren Eltern in Andalusien an, um sich nach ihrem Befinden zu erkundigen, und bekam jedes Mal beruhigende Antworten. Es ging ihren Eltern gut und sie waren dankbar, über einen großen Garten zu verfügen, in dem sie viel Zeit verbrachten.

Wenn Tania und Ben zu Hause zusammensaßen, tranken sie immer heißen Tee, weil sie verstanden hatten, dass hohe Temperaturen für das Virus ungünstig waren und es eine Zeit lang hieß, wenn man die möglicherweise im Rachen angesiedelten Viren in den Magen spülte, würden sie dort vernichtet. Während sie gemeinsam Tee tranken, redeten sie über Pangoline, Fledermäuse, chinesische Wildtiermärkte, Schweden und Bergamo, und Ben erzählte, wie schlecht es seinen Kollegen in Frankreich, Spanien und Italien erging.

Tania hatte von Fair^Made weniger zu erzählen. Das Virus – oder der coronabedingte Lockdown – traf Fair^Made hart. Das Management hatte sehr schnell entschieden, alle Mitarbeiter, für die das möglich war, ins Home-Office zu schicken, und kurz darauf folgte die Kurzarbeit für etwa die Hälfte der Belegschaft. Viktoria König setzte eine Videokonferenz mit dem gesamten Team auf. Sie stellte die Entscheidung des Managements zum Thema Kurzarbeit vor und sagte dann, am liebsten sei es ihr, wenn in ihrem Team die Leute frei wählen könnten, wer in Kurzarbeit ging. Ideal wäre es, wenn nicht diejenigen zur Kurzarbeit gezwungen würden, die aus finanziellen Gründen auf das volle Gehalt angewiesen waren, sondern diejenigen in Kurzarbeit gingen, die vielleicht sogar ganz froh waren, einen Monat lang etwas mehr Freizeit zu haben. Man könne zwar noch nicht absehen, wie es danach weitergehen würde, doch das sei in diesem Moment der Planungshorizont. Viktoria beantwortete alle Fragen, die es gab, und bat am Ende der Videokonferenz darum, dass jeder sich die Sache überlegen und ihr innerhalb von vierundzwanzig Stunden eine E-Mail schreiben sollte, um mitzuteilen, ob man in Kurzarbeit gehen wollte oder möglichst nicht.

Einmal mehr bewunderte Tania den Pragmatismus ihrer jungen Chefin. Sie schlief eine Nacht über die Frage und teilte Viktoria dann mit, dass sie bereit war, in Kurzarbeit zu gehen.

Viktorias Plan ging auf. Etwa die Hälfte der Marketing-Kollegen und -Kolleginnen wählten die Kurzarbeit, sodass Viktoria nur eine einzige Person gegen ihren Wunsch in Kurzarbeit schicken musste, um die vorgegebene Anzahl zu erreichen – und das war sie selbst.

Und so verbrachte Tania viel Zeit allein zu Hause. Sie guckte weder Serien auf einem der zahlreichen Streaming-Anbieter, für die dies vermutlich goldene Zeiten waren, noch las sie mehr als zuvor. Die meiste Zeit saß sie auf ihrer Couch und dachte an schöne Geschichten. Schöne Geschichten, die sie ganz zu Beginn ihrer Karriere mit Marc ihren Kunden erzählt hatte. Geschichten, die sie – das hatte Tania von Marc gelernt – immer *etwas* schöner gemacht hatten, als realistisch gewesen wäre. Natürlich waren sie nicht frei erfunden, das verstand sich ganz von selbst! Sie enthielten auch Wahrheit. Genug Wahrheit, sodass es nur weniger Fantasie bedurfte, um sich vorzustellen, es sei die ganze Wahrheit. Wenn diese Geschichten dann noch von Marc erzählt und von Tania ausgeschmückt wurden, *wurden* sie zur Wahrheit. Tania wusste, dass es sich mit der Geschichte der Headhunterin, über die sie zu dem Medienunternehmen gekommen war, nicht anders verhielt. Sie hatte es *immer* gewusst. Tief in ihrem Inneren war ihr klar gewesen, dass die Wahrscheinlichkeit, in einem großen etablierten Unternehmen ebenso schnell aufzusteigen, wie in ihrer Werbeagentur, gering war. Unmöglich war es jedoch nicht. Also bedurfte es nur einer schönen Geschichte und etwas Fantasie, um sich selbst zu überzeugen, dass dies der richtige Weg war.

Hatte Tania sich blenden lassen? Hatte sie der gefährlichen Macht schöner Geschichten nicht genug Widerstand geboten und sich zu falschen Entscheidungen verleiten lassen?

Tania dachte lange über diese Frage nach. Nein, entschied sie schließlich. *Dass* sie so entschied, lag nicht nur daran, dass sie natürlich nicht wissen konnte, was gewesen wäre, wenn. Wenn sie sich nicht entschieden hätte, in der Werbeagentur ihre berufliche Laufbahn zu beginnen. Wenn sie sich nicht dafür entschieden hätte, aus der Werbeagentur in das Medienunternehmen zu wechseln. Wenn sie, wie sie es sich im Affekt vorgenommen hatte, gekündigt hätte, als Lars ihr eröffnet hatte, dass jemand Externes seine Nachfolge antreten würde.

Und so saß sie da auf ihrer Couch. Sie saß da, stundenlang, und tat zum ersten Mal in ihrem Leben fast nichts. Sie stählte nicht ihren Körper mit Situps, Planks, Supermans oder was auch immer sie sonst tat. Sie verschlang nicht Self-Development-Bücher, kaum erwarten könnend, all die wertvollen Tipps darin in die Tat umzusetzen. Sie plante nicht, mit wem sie und Ben am nächsten Wochenende was unternehmen würden. Sie schmiedete überhaupt keine Pläne für die Zukunft. Sie saß einfach nur da und ließ ihren Gedanken freien Lauf.

Währenddessen hatte Ben in seinem Medienunternehmen weiterhin viel zu tun. Auch die Riege der alten Herren hatte ihre Belegschaft eine Woche nach Fair^Made gebeten, sich möglichst ins Home-Office zu begeben. Sie selbst waren jedoch einen Großteil ihrer Arbeitszeit im nun weitestgehend leeren Büro. Einer aus Gewohnheit, ein anderer, weil im Gebäude neben seinem Wohnhaus trotz Corona Bauarbeiten für einen solchen Lärm sorgten, dass an konzentriertes Arbeiten, geschweige denn Telefon- oder Videokonferenzen, nicht zu denken war, und noch ein anderer, weil er genau wusste, dass es zu einer Ehekrise kommen würde, wenn er allzu viel Zeit mit seiner Frau verbrachte.

Für Ben bedeutete das, dass auch er für einen Großteil seiner Arbeitszeit im Büro war. Er hatte sich das Vertrauen der alten Herren verdient und war zu einer der wichtigsten Figuren im Unternehmen avanciert – das wollte er nicht verspielen. Tania brauche sich jedoch keine Sorgen zu machen, erklärte er, denn da so gut wie niemand im Büro war, bestand dort keinerlei Ansteckungsgefahr. Wenn er mit den alten Herren diskutierte, hielten sie immer einen Sicherheitsabstand von mindestens fünf Metern ein.

So ging es ganze zwei Wochen lang bis zu jenem Tag Anfang April, als Ben abends sehr lange im Büro blieb und Tania durch Zufall das lustvolle Treiben des unbekannten Pärchens im gegenüberliegenden Gebäude beobachtete. Dass die da trotz der allgemeinen Aufregung und der Schockstarre, in der sich zu diesem Zeitpunkt hauptsächlich Europa befand, so sorglos das taten, worauf sie vermutlich am meisten Lust hatten, weckte Tanias Neid. Sie überlegte, ob sie sich bei Amazon ein Fernglas bestellen sollte, um beim nächsten Mal näher am Geschehen zu sein. Mit etwas Fantasie könnte sie vielleicht sogar Teil des Geschehens werden. Dann verwarf sie den Gedanken. Auf die Entfernung – und gewiss auch dank ihrer Fantasie – hatten die Frau und der Mann jung und attraktiv geschienen. Doch was, wenn sich das als Illusion herausstellte? Es würde das schöne Bild in Tanias Kopf zerstören. Außerdem – was hätte sie davon? Nichts, höchstens größere Sehnsucht nach dem sorglosen Leben, das die beiden auf der anderen Seite – zumindest in Tanias Fantasie – führten. Ob die zwei auf der anderen Seite Sorgen hatten, ob sie vielleicht durch die coronabedingten Einschränkungen um ihre Existenz bangten, ob sie Freunde oder Familie hatten, die an dem Virus erkrankt waren, wusste Tania gar nicht. Es war nur die Momentaufnahme, die ein Bild in Tanias Gehirn geweckt hatte. Nicht ohne Grund hatte sie dem gesichtslosen Paar die Gesichter von sich selbst und Ben gegeben. Von sich und Ben vor ein paar Jahren, als sie zwar nur unwesentlich jünger, jedoch wesentlich sorgloser gewesen waren. Tania erkannte, dass es nicht so sehr das, was sie da beobachtet hatte, war, das ihre Sehnsucht erweckt hatte, als das, was ihre Fantasie daraus gemacht hatte. Es war einmal mehr eine Geschichte. Eine schöne Geschichte. Wenn sie dem fremden Paar noch häufiger beim Sex zusah, könnte sie diese Geschichte vermutlich auch erneut durchleben. Doch wenn es nur eine Geschichte blieb, würde es ihr langfristig nicht reichen.

Also brauchte Tania einen anderen Plan. Dieser reifte in den folgenden Tagen.

KAPITEL 3.2

»Lass uns aus der Stadt fahren!« Mit diesen Worten weckte Tania Ben am darauffolgenden Samstag.

»Was?«, erwiderte er schlaftrunken. »Aus der Stadt?«

»Ein bisschen frische Luft schnappen.«

»Bist du sicher, dass das erlaubt ist?«

»Natürlich! Wir sind hier nicht in Frankreich, Spanien, Italien oder Israel. Das wird uns guttun! Los, aus den Federn!«

»Willst du nicht zumindest vorher frühstücken?«, fragte Ben.

»Ich habe ein Picknick vorbereitet«, entgegnete Tania.

Eine halbe Stunde später saßen sie in ihrem alten Peugeot 306. Die Straßen waren leer, das Wetter ausgezeichnet. Es war ein wunderschöner Tag.

Sie wanderten drei Stunden lang. Ben trug den von Tania gepackten Rucksack. Sie redeten wenig, doch das war nicht schlimm. Tania fühlte sich frei. Sie hörten das Zwitschern der Vögel, das Rauschen des Windes in den Wipfeln der Bäume. Einmal sahen sie zwei Rehe, die grazil zwischen den Bäumen verschwanden, als sie Tania und Ben bemerkten. Schließlich kamen sie an einen Bach, sie entfernten sich ein paar Meter vom Pfad und breiteten ihre Picknickdecke aus. Sie genossen die einfachen Snacks, die Tania eingepackt hatte, und unterhielten sich über nichts Bestimmtes. Tania beobachtete Ben und hatte den Eindruck, dass auch er freier atmete. Befreit von den Herausforderungen, mit denen er sich im Büro befasste, befreit von der besorgniserregenden Berichterstattung über das, was das Coronavirus insbesondere in Südwesteuropa zu dieser Zeit anrichtete. Hier saßen nicht zwei Führungskräfte aus Marketing-Teams zusammen, sondern ein Mädchen und ein Junge, zwischen denen es knisterte, und die einen langen Spaziergang im Wald machten.

Als sie am späten Nachmittag wieder zu Hause waren, kochten sie zusammen. Tania bereitete das Hauptgericht vor, Ben kümmerte sich um den Nachtisch. Es war lange her, dass sie das getan hatten; in den letzten Monaten vor den Corona-Auflagen waren sie an Wochenenden fast immer mit Freunden verabredet gewesen, oft in Restaurants, um gemeinsam zu essen. All das war im Moment nicht möglich.

Fortan ging Ben nur noch einmal pro Woche ins Büro. Auch die alten Herren hatten begonnen, die Pandemie so ernst zu nehmen, dass sie jegliche Form von persönlichem Kontakt für verantwortungslos hielten. Keiner von ihnen meinte, zur Risikogruppe zu gehören, doch sie nötigten Ben geradezu dazu, von zu Hause zu arbeiten. Hinzu kam, dass langfristige Projekte verschoben wurden und man sich aufs Tagesgeschäft beschränkte. Besonders für Kollegen mit Kindern war es auch gar nicht anders zu bewältigen; egal ob in Frankreich, Italien, Spanien, Polen oder Deutschland, sie machten in dieser Zeit zwei Jobs: ihren offiziellen Job und die Vollzeitbetreuung ihrer Kinder. Ein paar dieser Kollegen verlegten ihre Arbeitszeit in die sehr frühen Morgen- oder die sehr späten Abendstunden, um während des Vormittags Lehrerin, Kindergärtner oder Babysitter zu sein. Die Kommunikation per Videokonferenz und Telefon wurde aufs Nötigste reduziert. Im Ergebnis bedeutete das für Ben, dass auch er weniger zu tun hatte und in seinen Arbeitszeiten flexibler war. Anfangs spürte Tania, dass er versuchte, dennoch Projekte voranzutreiben, Kollegen zu motivieren. Doch nach ein paar Tagen ließ er los.

»Wollen wir eine Radtour machen?«, fragte er Tania eines Morgens.

»Musst du nicht arbeiten?«

»Später. Niemand wird sterben, wenn ich heute erst um zwölf anfange. Komm! Die Sonne scheint, es wäre traurig, diesen schönen Tag drinnen zu verbringen!«

Es wurde eine schöne Radtour. Obwohl Ben sich erst um 12.30 Uhr an den Schreibtisch setzte, beendete er seinen Arbeitstag schon um 17 Uhr.

»Wollen wir ein Eis essen gehen?«, schlug er vor, und Tania fand, dass das eine sehr passende Gelegenheit war, die Masken – oder den Mund- und Nasenschutz –, die sie in den letzten Tagen angefertigt hatte, einzuweihen. Da sie weder eine Nähmaschine hatte, noch besonders talentiert mit Nadel und Faden war, hatte es lange gedauert. Doch sie hatte sich große Mühe gegeben und Spaß an der Arbeit mit ihren Händen gehabt. Für Bens Maske hatte sie einen Stoff in den brasilianischen Nationalfarben grün, gelb, blau und weiß im Internet bestellt, und mit weißem Garn an der unteren linken Ecke seinen Namen aufgestickt. Ihre eigene Maske war aus grauem Stoff, auf dem eine große rote Sonne war, vor der sich eine kleinere blaue Erde befand, vor der sich ein noch kleinerer grauer Mond befand. Nun, in Wirklichkeit waren es nur drei sich überlagernde Kreise, doch als Ben sie fragte, was sie darstellen sollten, erklärte sie, dass es sich um Sonne, Erde und Mond handelte.

Sie waren nicht die Einzigen, die auf den Gedanken gekommen waren, an diesem schönen Aprilabend ein Eis zu essen, und so standen sie eine Weile an. Zwei Meter hinter den Kunden vor ihnen, zwei Meter vor den Kunden hinter ihnen. Aus irgendeinem Grund gab es das Eis nur im Becher, sodass Tania und Ben entschieden, statt der üblichen zwei Kugeln drei zu nehmen. Jeder, versteht sich. Es galt schließlich, die arg gebeutelte Gastronomie zu unterstützen.

Als sie wieder zu Hause waren, wurde es langsam dunkel. Tania warf einen Blick aus ihrem Fenster. Ein paar der Fenster auf der anderen Seite waren bereits erleuchtet. Jedoch nicht das, in dem sie vor inzwischen gut einer Woche das recht intensive Liebesspiel beobachtet hatte. Doch wer wusste schon, was dort hinter dem nun dunklen Fenster gerade passierte? Eine Sekunde überlegte Tania. Dann riss sie sich los. Relevanter war die Frage, was hier bei ihnen heute

Abend noch passieren würde. Sie drehte sich um und sah, dass Ben sie betrachtete. Als sie seinen Blick sah, kannte sie die Antwort auf die Frage, lächelte und ging langsam auf ihn zu.

Wenn die Realität von einer schönen Geschichte, die man sich vielleicht selbst ausgemalt hat, abweicht, ist das nicht schlimm, solange man die Abweichung nicht als Scheitern ansieht, dennoch glücklich ist – und vielleicht die Abweichung von der Geschichte sogar als aufregend empfindet, sie mit offenen Armen empfängt und voll und ganz genießt.

KAPITEL 3.3

Keiner der nächsten Tage war gleich. Keiner war spektakulär. Und doch hatte jeder Tag etwas Besonderes. Mal gingen sie zusammen joggen und zwängten sich anschließend zu zweit in ihre enge Duschkabine. Mal schlenderten sie bei bestem Frühlingswetter durch die zwar nicht menschenleere, aber doch wenig bevölkerte Stadt und genossen die unübliche Ruhe. Mal arbeitete Ben hart und fragte Tania nach ihrer Meinung. Es war fast wie früher, als sie ein paar Monate lang im Büro ein Team gewesen waren.

Trotz ihrer Kurzarbeit hielt Tania einen regelmäßigen Kontakt zu Fair^Made aufrecht. Sie chattete mit Kolleginnen und Kollegen, die ihr tatsächlich fehlten, über Whatsapp. Sie las hin und wieder ein paar E-Mails und schickte ihren arbeitenden Kollegen auch ein paar Ideen oder aufmunternde Worte. Dabei war Tania so entspannt, wie sie es im Büro selten war. Sie liebte Fair^Made und seine Vision weiterhin, war begeistert bei der Arbeit – doch der Druck, den sie sich selbst auferlegt hatte, bei Fair^Made wenn auch kein Diamant, so doch auch nicht nur ein einfacher Kieselstein zu sein, war mit dem Beginn des coronabedingten Lockdowns das erste Mal von ihr abgefallen. Sie tat nur, worauf sie wirklich große Lust hatte, und sie tat es dann, wenn es ihr am besten passte. Es war – und Tania benötigte ein paar Wochen, um das zu realisieren –, als hätte man eine schwere Last von ihren Schultern genommen.

Es ging ihr gut. Und während sie ein entschleunigtes Leben zunehmend genoss, wusste sie sehr wohl, wie es anderen Menschen erging. Ärzte und Ärztinnen kämpften um Erkrankte, bis diese allzu oft doch dem Virus erlagen. Künstler,

Restaurantinhaber und viele andere bekamen quasi eine Art Berufsverbot und sahen ihre teilweise über viele Jahre mühsam aufgebauten Existenzen trotz Staatshilfen bedroht. Eltern von jungen Kindern litten unter einer Doppelbelastung.

Außer Frau Dr. Carla Alt kannte Tania allerdings persönlich niemanden, der an Covid-19 erkrankt war, und die Psychologin hatte sich offenbar wieder einigermaßen erholt. Sie hatte die Intensivstation nach zwei Wochen verlassen können und befand sich in einem stabilen Zustand. An eine Wiederaufnahme ihrer therapeutischen Tätigkeit war auf absehbare Zeit nicht zu rechnen, wie Tania in einer E-Mail von Frau Dr. Alts Sekretariat voll Bedauern mitgeteilt wurde. Das störte Tania allerdings nicht. Anfangs hatte sie nicht gewusst, wie sie ohne die Sitzungen mit Frau Dr. Alt klarkommen sollte. Inzwischen wusste sie, dass sie sie nie wieder aufnehmen würde. Schon geraume Zeit ging es ihr besser als seit Langem. Seit ihrem unbeabsichtigten Voyeurismus war die Beziehung zwischen ihr und Ben wieder etwas Besonderes. Es knisterte wieder. Sie harmonierten wieder besser. Der Sex hatte nichts Gezwungenes mehr und hatte sowohl an Qualität als auch an Quantität zugenommen. Und Tania hatte wieder das angenehme Gefühl, vielleicht doch ein Diamant zu sein. Ein kleiner. Bens Diamant.

Wie gesagt, es ging Tania gut. Ging es ihr besser als vor dem coronabedingten Lockdown? Vielleicht ein bisschen. Ganz sicher kann man da nicht sein. Eins stand jedenfalls fest: Dass Tania den Eindruck hatte, dass es ihr so gut ging, verdankte sie auch den täglichen Medienberichten über die zahlreichen – und völlig berechtigten – Sorgen anderer. Mit anderen Worten: Absolut gesehen hatte sich ihr Wohlbefinden höchstens minimal verbessert – und langfristig würde das nicht funktionieren, denn irgendwann würden ihr ihre Freunde und ihre Arbeit fehlen. Relativ zu anderen jedoch schien es Tania so gut zu gehen, dass sie hin und wieder ein schlechtes Gewissen hatte, denn sie fühlte sich als »Corona-Gewinnerin«.

KAPITEL 3.4

Ein paar Tage später wurde Tania krank.

»Wie fühlst du dich?«, fragte Ben besorgt.

»Nicht gut«, erwiderte Tania. »Schwach. Mir ist schwindelig und ich fühle mich unwohl.«

Ben legte ihr die Hand auf die Stirn. »Fieber hast du nicht, denke ich. Hast du Halsschmerzen?«

Tania schüttelte den Kopf. »Eigentlich nicht ... Vielleicht ein bisschen.«

»Ich mach' dir einen Tee«, sagte Ben und verschwand in der Küche.

»So ein Mist, dass ich ausgerechnet heute ins Büro wollte«, meinte er, als er kurz darauf zurückkehrte. »Vielleicht sollte ich den Termin mit den alten Herren absagen. Ich will nicht, dass du alleine bist.«

»Ich glaube, es ist nicht so schlimm«, antwortete Tania, doch als sie sich im Bett aufrichtete, wurde ihr kurz schwarz vor Augen. »Geh ruhig ins Büro. Du bist doch nicht lange weg, oder?«

»Normalerweise bin ich in drei Stunden wieder hier«, sagte Ben und betrachtete Tania mit unverminderter Sorge.

»So lange halte ich es schon ohne dich aus«, meinte Tania und lächelte Ben an.

Er zögerte. »Bist du sicher?«

Tania nickte. »Mach dir keine Sorgen.«

»Na gut. Aber ruf mich an, falls irgendwas ist, OK? Oder falls ich auf dem Rückweg bei einer Apotheke vorbeifahren soll.«

»Mach ich«, versprach Tania.

Als das Wasser kochte, brachte Ben Tania ihren Tee. Mit

einem weiteren besorgten Blick gab er ihr einen Kuss und versprach, sich zu beeilen.

Der Tee tat Tania gut. Ihr Unwohlsein schwand etwas. Nach einer Stunde war es jedoch wieder da. Tania spürte, wie es stärker wurde. Sie schleppte sich zur Toilette und übergab sich. Ihre Arme zitterten, während sie sich über der Kloschüssel hielt.

Sie fragte sich, bei wem sie sich angesteckt haben mochte. Ihr letzter Termin mit Frau Dr. Alt lag inzwischen mehr als einen Monat zurück und nach allem, was man wusste, betrug die Inkubationszeit beim Sars-CoV-2 höchstens zwei Wochen. Außerdem war sie ja, nachdem sie Frau Dr. Alt gesehen hatte, negativ getestet worden. Allerdings gab es inzwischen auch Medienberichte, die die Genauigkeit der Tests bezweifelten. Was, wenn sie die ganze Zeit infiziert gewesen war und es nur jetzt erst schlimmer wurde? War das möglich? Aber was wusste man schon? Das Virus war zu neu, selbst die Experten wussten zu wenig, um Gewissheit zu haben. Natürlich – und das schien Tania wahrscheinlicher – konnte sie sich auch anderswo angesteckt haben. Sicher, sie waren sehr vorsichtig gewesen. Hatten schon sehr früh beim Einkaufen von Nahrungsmitteln immer ihre schönen handgefertigten Masken getragen, sich die Hände gewaschen und desinfiziert. Doch es war unmöglich, das Infektionsrisiko auf null zu reduzieren. »Aerosole« war der Begriff, der in diesem Zusammenhang viel diskutiert wurde.

Tania dachte an Ben. Wenn sie infiziert war, dann musste er es auch sein. Doch er zeigte keinerlei Symptome. Wie war das eigentlich? Waren Übelkeit und Müdigkeit überhaupt Covid-19-Symptome? Fieber, trockener Husten, Kurzatmigkeit, teilweise auch temporärer Geschmacksverlust – das waren die Symptome, von denen Tania viel gehört und gelesen hatte.

Eine kurze Internetrecherche informierte sie darüber, dass Müdigkeit durchaus ein Symptom sein konnte, wenn es auch nicht zu den häufigen gehörte.

Schweren Herzens entschied Tania, dass sie sich für die nächsten zwei Wochen isolieren und auch Ben auf Distanz halten würde, um ihn nicht zu gefährden.

Als Ben wieder nach Hause kam, wollte er davon nichts wissen.

»Wenn du das Virus hast, dann will ich es auch haben«, erklärte er. »Ich werde dich auf gar keinen Fall zwei Wochen lang nicht küssen!«

Und damit setzte er sich durch. Auch ging es Tania schon am nächsten Tag wieder besser.

»Komm, wir fahren wieder in den Wald«, schlug Ben vor, obwohl eigentlich ein Arbeitstag für ihn war. »Keine lange Wanderung. Nur ein kleiner Spaziergang. Die frische Luft wird dir guttun!«

Als Picknick buk er mit solchem Eifer einen kleinen einfachen Kuchen und machte Tee dazu, dass Tania es nicht übers Herz brachte, ihm zu widersprechen.

Ben behielt recht. Es tat Tania gut, draußen zu sein, und da es ein Wochentag war, begegneten sie im Wald lediglich einem Hundebesitzer und einer Joggerin, zu denen sie einen so großen Abstand hielten, dass Tania sie unmöglich anstecken konnte.

Am Abend nach dem Ausflug fühlte Tania sich sogar so gut, dass sie große Lust hatte, mit Ben zu schlafen – was dieser hocherfreut tat.

Am nächsten Tag fühlte Tania sich wieder unwohl, hatte aber weiterhin kein Fieber. Allerdings war sie so müde, dass keine rechte Lust verspürte, irgendetwas zu machen. Wenn sie träge durch die Wohnung schlich, spürte sie Bens besorgten Blick.

»Vielleicht sollten wir noch mal einen Test machen«, meinte Ben, als sie abends zusammen auf der Couch saßen und Tania hustete.

Tania überlegte kurz. Dann nickte sie.

Ein paar Tage später hatte sie das Testergebnis. Sie konnte

es immer noch nicht so recht glauben und starrte ungläubig auf das Ergebnis. Es war positiv.

KAPITEL 3.5

Liebes Coronavirus Sars-CoV-2!

Du bist kein angenehmer Zeitgenosse.
Du hast bereits Tausende Menschen in der ganzen Welt getötet und es sieht nicht so aus, als wolltest Du damit bald aufhören. Deinetwegen werden Menschen in einigen Ländern zu Hause eingesperrt; Kinder dürfen nicht in die Schule gehen, Frauen und Kinder werden vermehrt von den Männern in ihrem Haushalt misshandelt (die Kinder möglicherweise auch von Frauen). Du machst ihnen das Leben zur Hölle. Deinetwegen können viele Menschen nicht mehr ihrer Arbeit nachgehen, in den reichen Ländern werden berufliche Existenzen bedroht, in den armen leiden zahllose Menschen Hunger. Weil wir versuchen, uns gegen dich zu schützen, sieht es so aus, als wenn wir auf eine weltweite Rezession zusteuern, deren Ausmaß wir noch nicht absehen können. Du richtest einen riesigen Schaden an.

Und doch bin ich dankbar, dass es Dich gibt.

Ich habe ein Leben, um das mich viele Frauen beneiden würden. Ich bin jung und gesund. Ich lebe in einem Land, das zwar nicht perfekt ist, aber doch dem Paradies auf Erden so nahekommt wie kaum ein anderes. Ich habe eine Arbeit, der ich mit Leidenschaft nachgehe und mit der ich ein Gehalt verdiene, von dem ich mir alles leisten kann, was ich mir wünsche. Und ich habe einen Ehemann, der mich zum Lachen bringt, der mir an den meisten Tagen das Gefühl gibt, etwas ganz Besonderes zu sein. Dank ihm fühle ich mich geliebt, begehrt und respektiert. Mein Leben ist ohne diesen Mann nicht mehr denkbar.

Und doch fehlt etwas in unserem Leben. Seit mehreren Jahren ist es Ben und mir nicht gelungen, eine Familie zu gründen. Ich glaube, wir wollten es zu gut machen in unserem Leben, haben viel gearbeitet, waren permanent bei mindestens 100%.

Du hast uns gelehrt, zu akzeptieren, dass wir nicht alles selbst in der Hand haben. Du hast uns gezwungen, uns zu entspannen. Ich bin fest davon überzeugt, dass es nur daran liegt, dass mein sehnlichster Wunsch in Erfüllung gegangen ist.

Vorhin habe ich einen Schwangerschaftstest gemacht. Wenn alles gut geht, werden Ben und ich im nächsten Winter Eltern. Ich bin so unendlich glücklich! Danke!

Bin ich ein schlechter Mensch, weil ich Dich wegen meiner eigenen Geschichte nicht verteufeln kann, obwohl Du eine beispiellose Katastrophe in der Welt anrichtest? Weil ich mich als Corona-Profiteurin sehe, während unzählige andere unter Dir leiden?

Natürlich heiße ich nicht gut, dass Du Menschen tötest und in den Ruin treibst. Es ist schrecklich zu sehen, was, von Dir ausgelöst, in vielen Teilen der Welt passiert. Und manchmal frage ich mich, ob wir nicht bisher nur die Spitze des Eisbergs gesehen haben. Dann wird mir ganz mulmig.

Im Moment jedoch erfüllt mich ein Gefühl des unendlichen Glücks. Und diesen Moment möchte ich genießen. Was auch immer die Zukunft bringt, ich habe keine Angst davor.

Ben war einkaufen und ist gerade zurückgekommen. Es ist Zeit, mein Glück mit ihm zu teilen!

Tania Antonia Jung

Tania starrte auf das Blatt. Ein Brief an ein Virus? Es war eine dämliche Idee gewesen. Sie knüllte das Papier zusammen und warf es in den Müll. Mit dem Schwangerschaftstest in der Hand erhob sie sich so ruckartig, dass ihr kurz schwindelig wurde. Sie atmete tief ein und wieder aus.

Wie soll das erst werden, wenn du da bist, wenn du mir jetzt schon so viel Energie raubst?, dachte sie und spürte, wie sich ihr Gesicht zu einem strahlenden Lächeln verzog.

DANKE

Liebe Leserin, lieber Leser!

Es geht gleich noch ein bisschen weiter.

An dieser Stelle möchte ich Dir jedoch herzlich danken. Vielen, vielen Dank, dass Du bis hierhin gelesen hast! »Die gefährliche Macht schöner Geschichten« ist nur eine kleine Geschichte. Meine bereits in meinem Vorwort erwähnten Romane »Eine Partie Monopolygamie« und »Das schwarze Geheimnis der weißen Dame« sind sehr viel länger und raffinierter. Wenn Dir diese Geschichte gefallen hat, empfehle ich unbedingt auch diese Bücher. Sollte »Die gefährliche Macht schöner Geschichten« nicht ganz Deinen Geschmack getroffen haben, lies doch mal »Das schwarze Geheimnis der weißen Dame«. Mehr dazu weiter unten.

Und wenn Du mir einen Gefallen tun willst, bewerte dieses Buch! Auf Amazon, Lovelybooks, Goodreads – wo Du magst. Man mag dem permanenten Bewerten von allem Möglichen, Produkten und Dienstleistungen aller Art, touristischen Erlebnissen von Wanderungen über Museen zu anderen Sehenwürdigkeiten, das das Internet uns gebracht hat, kritisch gegenüberstehen. Ich persönlich gebe zu, dass ich bestehende Bewertungen aus den offensichtlichen Gründen manchmal praktisch finde, kann dem jedoch nicht nur Gutes abgewinnen. Feststeht aber, dass es diesem Buch hilft, möglichst viele (möglichst gute) Bewertungen zu haben. So sind die Regeln. Dir gebührt daher ein besonderer Dank, wenn Du mir den kleinen Gefallen einer Bewertung tust.

Hab erneut vielen Dank fürs Lesen!
Bis hoffentlich recht bald
Dein Kolja Menning

Nachwort

Es ist in diesen Zeiten unmöglich vorherzusagen, was selbst die nahe Zukunft bringen wird. Mir zumindest. Zu dem Zeitpunkt, da ich dies schreibe, sind die Corona-Neuinfektionen weltweit betrachtet so hoch wie nie zuvor. In einigen Ländern wie den USA oder Israel rollt die gefürchtete zweite Welle heran. In Lateinamerika ist die erste Welle in vollem Gange. Auf dem indischen Subkontinent, auf der arabischen Halbinsel und wohl auch in einigen afrikanischen und zentralasiatischen Ländern nimmt sie Fahrt auf.

In Deutschland sind aufgrund des Sommertourismus die Befürchtungen groß, dass erneut Infektionen aus Urlaubsgebieten eingeschleppt werden. Während zwischenzeitlich bei einigen Experten vorsichtiger Optimismus herrschte, dass die befürchtete zweite Welle hierzulande ausbleiben könnte, befinden sich die Neuinfektionen nun wieder auf einem erhöhten Niveau.

Vermutlich gibt es guten Grund, beunruhigt zu sein – zumal ich den obigen Abschnitt Ende Juni 2020 geschrieben hatte, und die Corona-Lage sich inzwischen – es ist jetzt Ende August – nicht gerade verbessert hat, im Gegenteil.

Beunruhigt sein will ich hier jedoch nicht. Natürlich sollten wir alle vernünftig bleiben. Doch unsere Freude am Leben und unsere Zuversicht sollten wir uns nicht nehmen lassen.

Wir schreiben den Monat Juni des Jahres 2021 (ja, 2021, wir haben einen größeren Zeitsprung gemacht). Global gesehen ist die Pandemie zwar weiterhin im Gange, doch zu der gefürchteten außer Kontrolle geratenen zweiten Welle im großen Stil ist es in den meisten Ländern nicht gekommen, weil die Menschen ihr Verhalten angepasst haben, weil Wissenschaftler unermüdlich neue Erkenntnisse generiert und kommuniziert haben und weil die Behörden und die Politik immer besser darin geworden sind, Infektionsherde schnell zu identifizieren und einzudämmen. Inzwischen gibt es diverse Impfstoffe gegen Sars-CoV-2, die sogar erstaunlich kostengünstig hergestellt werden können. Keiner der Impfstoffe ist ohne Nebenwirkungen. Aus Gründen, die medizinisch nicht abschließend geklärt sind, empfinden die Menschen, denen der Impfstoff verabreicht wurde, hin und wieder ungewohnte Heiterkeit und sie lächeln vor sich hin, doch viele sind auch symptomfrei. Seit ein paar Monaten läuft die erste Impfungswelle, bei der Risikopatienten vorrangig behandelt werden.

Natürlich ist die Welt nicht mit einem Mal perfekt geworden. Sowohl die wirtschaftlichen als auch die sozialen Folgen der Pandemie sind weiterhin spürbar, und die Klimakrise ist keineswegs gemeistert. Doch alles in allem gibt es Grund, zuversichtlich zu sein. Auch die USA haben schließlich endlich wieder einen anständigen Präsidenten.

Eine Utopie? Vielleicht. Doch nur die Zukunft kann zeigen, wie falsch oder richtig sie ist.

Tania jedenfalls genießt das Leben. Wenn sie manchmal eine ruhige Minute hat (was momentan nicht allzu oft vorkommt), stellt sie fest, dass sie endlich mitten im Leben angekommen ist. Das Leben ist *jetzt* – und es gilt, glücklich damit zu sein. Sie hat auch keinen Grund zu klagen. Sie liebt ihren Job bei Fair^Made, das letzten Endes ziemlich unbeschadet durch die Coronakrise gekommen ist. Sie mag bei Fair^Made kein Diamant sein, doch sie genießt den Respekt ihres Teams, ihrer Chefin und der meisten ihrer Kollegen und Kolleginnen. Sie tut etwas, das sie begeistert und bei dem sie den Eindruck hat, ihre Zeit gut zu investieren. Sie liebt auch ihren Ehemann. Vielleicht mehr als je zuvor. Und nach der anfänglichen Übelkeit hatte sie eine sehr angenehme Schwangerschaft. Sie konnte ihre Freizeit aktiv gestalten, uneingeschränkt arbeiten und sich von Ben lieben lassen, bis sie Ende Januar 2021 eine gesunde und wunderschöne Tochter zur Welt brachte, die sie Maya Carolina Jung nannten. Ben hatte aufgrund der besonderen Zeugungsumstände als zweiten Vornamen eigentlich »Corona« vorgeschlagen (»Klingt doch auch spanisch«), doch davon hatte Tania nichts wissen wollen. Ernst hatte Ben es sowieso nicht gemeint.

Inzwischen ist Maya Carolina Jung fünf Monate alt. Sie macht einen aufgeweckten Eindruck. Sie schläft wenig und schreit viel, worin die kleine Maya – so sagt zumindest Tanias Mutter bei jeder Gelegenheit, die sich ihr bietet – ihrer Mutter nicht unähnlich ist. Als Tania ein Baby war, versteht sich. Ben sagt dann meist, er finde, dass sich da gar nicht so viel geändert hat.

Seit einem Monat sind Tania und Ben nun gemeinsam in Elternzeit. Nachdem sie eine Woche bei Bens Eltern irgendwo in Rheinland-Pfalz gewesen sind, sind sie nun in Südspanien. Das Haus von Tanias Eltern ist so groß, dass sie hier genug Platz für sich haben, sich zurückziehen und gleichzeitig auf die Dienste der stolzen Großeltern zurückgreifen können, wann immer sie wollen.

»Ben!«, ruft Tania. »Was hast du wieder angerichtet?«

»Wieso?«

»Na, guck doch mal!«

»Was denn?«

Tania tritt zu ihm und reicht ihm ein Plastikstäbchen. Die kleine Maya, die auf Bens Schoß mehr oder weniger sitzt, schlägt danach – ob aus Interesse oder durch Zufall, weiß nur sie, und selbst das ist nicht sicher.

Ben nimmt das Stäbchen. »Was ist das?«

»Bist du blind?«, entgegnet Tania und nimmt ihm ihre Tochter ab. »Was siehst du?«

»Zwei Streifen. Na und?«, fragt Ben.

Tania verdreht die Augen. »Das ist ein Schwangerschafts-test!«

»Ah.«

»Ja, ah! Du hast mich schon wieder geschwängert.«

»Ganz ohne Lockdown«, stellt Ben fest.

Einen Moment lang starren sie sich an.

»Heißt das, die Dinger bleiben vorerst in der Größe?«, fragt Ben schließlich grinsend und deutet auf Tanias Brüste.

»Du bist unmöglich.«

»Ich glaube«, sagt Ben, »wir haben eine ganz fantastische Zukunft vor uns.

ENDE

AUCH VON KOLJA MENNING (1)

Eine Partie Monopolygamie

Berlin, Sommer 2019.
Klimaschutz ist das Thema Nummer 1.
Die Gesellschaft ist gespalten.
Und für Clara Nussbaum tut sich ein Fenster in eine andere Welt auf, als sie sich als Assistentin der jungen Marketingchefin des hippen Berliner Unternehmens Fair^Made bewirbt. Zum ersten Mal seit Langem sieht die alleinerziehende Mutter eine Perspektive, die sie zuversichtlich stimmt. Fair^Made scheint wie das Paradies auf Erden: Junge, hoch motivierte, idealistisch denkende Menschen haben sich zum Ziel gesetzt, die Welt ein kleines bisschen besser zu machen.

Mit Feuereifer stürzt sich Clara in ihr neues Leben, das sich zu einem echten Abenteuer entwickelt, denn schon bald erkennt Clara, dass auch bei Fair^Made unter der glänzenden Oberfläche Intrigen kochen. Und ehe sie es sich versieht, befindet sie sich im Zentrum eines Geschehens, dem sie nicht gewachsen scheint.

»Eine Partie Monopolygamie« ist die Geschichte einer Frau, die es wagt, von einem anderen Leben zu träumen, und befasst sich auf spielerische Art mit zwei der größten gesellschaftspolitischen Fragen unserer Zeit: der zunehmenden Entfremdung unterschiedlicher Bevölkerungsgruppen und dem Einfluss von uns Menschen auf Umwelt und Klima.

Ca. 400 Seiten, ca. 100.000 Wörter.

AUCH VON KOLJA MENNING (2)

Das schwarze Geheimnis der weißen Dame

Ein 15 Jahre zurückliegender Mord.
Ein Fall von Finanzbetrug.
Eine letzte Aufgabe.

Paris, Mai 2011.
Es ist die Chance seines Lebens. Es scheint wie ein glücklicher Zufall, als Jean-Baptiste de Montfort von der Pariser Kripo die Gelegenheit bekommt, an einem fünfzehn Jahre zurückliegenden Mordfall, der in seiner Karriere eine verhängnisvolle Rolle gespielt hat, zu arbeiten.

In Wirklichkeit hat Marie Bouvier, eine junge Kollegin von de Montfort, ihm zu dieser Chance verholfen, denn auch sie wittert die Chance ihres Lebens. Doch sie braucht de Montforts Hilfe – ohne dass dieser es mitbekommt.

Außerdem befasst sich Bouvier mit einem Fall von illegalem Insiderhandel im hippen Paris Mode-Unternehmen Mod'éco. Der Fall scheint trivial. Aber ist er es wirklich? Und dann begeht Bouvier einen Tabubruch.

Und schließlich ist da Rahul Milad Khalili. Auch er bekommt endlich die Chance, eine letzte todbringende Aufgabe zu erfüllen.

Was niemand weiß: Die Ziele von de Montfort, Bouvier und Khalili sind eng miteinander verbunden – aber keineswegs kompatibel.

Ca. 500 Seiten, ca. 140.000 Wörter.

Über den Autor

Kolja Menning wurde 1980 in Bottrop geboren und wuchs in Gladbeck im Ruhrgebiet auf. Nach dem Studium an der WHU (Wissenschaftlichen Hochschule für Unternehmensführung) arbeitete er bei der Unternehmensberatung Oliver Wyman in München und Paris und bei den e-Commerce-Unternehmen Zalando und Audible in Berlin.

Schon immer interessiert sich Kolja Menning für Sprache(n) und das Wunder, das großartige Geschichten darstellen.